クリスティー文庫
94

ベツレヘムの星

アガサ・クリスティー
中村能三訳

早川書房

5263

STAR OVER BETHLEHEM

by

Agatha Christie

Translated by
Yoshimi Nakamura
Published 2022 in Japan by
HAYAKAWA PUBLISHING, INC.
This book is published in Japan by
arrangement with
AGATHA CHRISTIE LIMITED
through TIMO ASSOCIATES, INC.

ハイディーに捧ぐ

目次

ごあいさつ　9
ベツレヘムの星　11
クリスマスの花束　27
いたずらロバ　31
黄金、乳香、没薬　39
水上バス　41
夕べの涼しいころ　63
空のジェニー　78
いと高き昇進　81
神の聖者　111
島　113
解説／赤木かん子　133
口絵・挿絵／中村銀子

ベツレヘムの星

ごあいさつ

讃《ほ》めたたえん、炉《ろ》に焚《た》く薪《まき》！
はねよ、炎、楽しげに。
歓《よろこ》びあげん、宴《うたげ》の盃《はい》！
泡だて、ワイン、バラ色に！

かいば桶《おけ》には嬰児《みどりご》ねむり、
ロバはいななき牛はなき、
牝鶏牡鶏《めんどりおんどり》はなきさわぐ。
今宵《こよい》の旅籠《はたご》はあふれんばかり、

空たかく星ひとつ明るく輝き、
羊飼は羊のかたわらにぬかずき、
博士たちは神の贈物を持ちきたり、
天使は空に舞いつづけ、
神の愛をたからかに告ぐ。

めざめよ、子供ら、一人のこらず、
めざめて聴け、天使の歌、
起きいでよ、今日こそは、
クリスマス、栄《はえ》ある降誕祭！

ベツレヘムの星

マリアはかいば桶《おけ》のなかの嬰児《みどりご》を見おろした。(1) 厩《うまや》には馬や牛のほか誰もいなかった。嬰児にほほえみかけていると、彼女の胸は誇りと幸せにふくらんだ。

とつぜん、はばたきの音が聞こえ、振りかえってみると、戸口に神々《こうごう》しい天使が立っていた。

天使は朝の太陽のように燦然《さんぜん》と輝き、その顔のあまりの麗《うるわ》しさに、マリアは眼がくらみ、思わず顔をそむけた。

やがて天使が言った(その声は黄金のトランペットのように響いた)。

「おそれることはない、マリア」

マリアは美しい低い声で答えた。

「おそれているのではございません、天使さま、ただ、あなたのお顔の光がまぶしいのでございます」

「そなたに話があって来たのだ」

「どうぞ、お話しください、天使さま。主なる神のお指図をお聞かせくださいまし」

「指図を伝えにきたのではない。そなたはことのほか神のご寵愛をうけておる。そこで、わたしの口添《くちぞ》えによって、そなたに未来をのぞかせてやろうとおっしゃるのだ……」

マリアは嬰児《みどりご》を見おろし、胸をときめかせてたずねた。

「この子の未来をでございますか？」

彼女の顔は楽しい期待に明るくなった。

「そのとおり」と天使はやさしく答えた。「その子の未来だ……さあ、手をお出し」

マリアは手を差しのべ、天使の手をとった。まるで炎に触れたようだった――それでいて、身を焼かぬ炎。マリアがちょっとたじろぐと、また天使は言った。

「おそれることはない。わたしは不死なる者、そなたはしょせん死すべき者、だが、わたしに触れても傷つきはせぬ……」

天使は眠っている嬰児の上に大きな金色《こんじき》の翼をひろげて言った。

「母よ、未来をのぞいて、そなたの息子を見るがいい……」

マリアがまっすぐ目の前を見ていると、厩の壁がしだいに薄れて消え、いつか、とある庭のなかを見ているのだった。夜空に星が光り、一人の男がひざまずいて祈っていた。

マリアの胸のなかで何かがめざめ、母親の本能が、あそこにひざまずいているのは、わが子だと告げた。彼女は感謝をこめて独りごちた。「あの子は善良な人間になってくれた——信心深い人間に——神さまに祈っている」そのとたん、ふいに彼女は息をのんだ。その男は顔をあげていたが、その顔にマリアは苦悶《くもん》を——絶望と悲しみを見た……そして、自分がかつて経験したことも見たこともないほどの苦悶を、いまのあたりに見ていることを知った。なぜなら、その男はまったくの孤独であった。彼は神に祈っている、この苦悶の盃《さかずき》を我より取りあげたまえ、と祈っているのだ——しかし、答えは返ってこなかった。神はいまさず、黙《もだ》していた……

マリアは大声で叫んだ。

「なぜ神さまはあの子に答え、慰《なぐさ》めを与えてはくださらないのですか？」

すると、彼女の耳に天使の声が聞こえた。

「あの男に慰めを与えることは、神の御意《みこころ》ではないのだ」

マリアはおとなしく頭をさげて言った。

「神さまの測りがたい御意を知ることは、わたしどもにはかなわぬことでございます。でも、あの男には――わたしの息子には――友だちはいないのでございましょうか？　やさしい友だちは？」

天使が翼をはばたかせると、その場の光景はしだいに薄れ、庭のほかの部分があらわれた。そこには何人かの男が眠っていた。

マリアは悲しみと憤りをこめて言った。

「彼にはあの人たちが必要なのです――わたしの息子はあの人たちを求めているのです――それなのに、知らん顔をして！」

天使は言った。

「彼らは過《あやま》ちを免《まぬが》れぬ人間なのだ……」

　マリアは誰にともなくつぶやいた。

「でも、わたしの息子は善良な人間なのに。善良で、真正直な人間なのに」

　ふたたび天使が翼をはばたかせたと思うと、こんどはうねりながら丘を登る道と、十字架を背負ってその道を行く三人の男と、その後につづく群集とローマの兵士の一隊とが、マリアの目に映った。

　天使が言った。「なにが見えるかな？」

「処刑の場に行く三人の罪人《つみびと》が見えます」

　左側の男が振りむき、いかにも下卑《げひ》で残忍で、冷酷で、ずるそうな顔が見えた
――マリアはちょっと後ずさった。

「ええ」と彼女は言った。「確かに罪人です」

　そのとき、真ん中の男がよろめいて転びそうになった。そして、顔をこちらに向けると、マリアにはその男が誰であるかわかり、鋭く叫んだ。

「いいえ、そんなはずはありません、わたしの息子が罪人なんて！」

　しかし、天使が翼をはばたかせると、すでに三本の十字架が立てられていて、

真ん中の十字架にかけられ苦悶しているのは、さきほどの彼女がわが子だと認めた男であった。男のひび割れた唇がひらき、そこから洩れてくる言葉を彼女は聞いた。

「我が神、我が神、なんぞ我を見棄《みす》て給いし(2)?」

マリアは叫んだ。

「いいえ、いいえ、嘘です! あの子がほんとに悪いことをしたはずはありません。なにかのとんでもない間違いです。よくありがちなことですもの。人違いです。ほかの人と間違えられたのです。あの子は誰かほかの人が犯した罪のために刑をうけているのです」

しかし、ふたたび天使がはばたくと、こんどはこの世でマリアが最も崇《あが》める人物――彼女の教派の祭司《さいし》長の姿があらわれた。みるからに気高い人で、彼は立ちあがるなり、厳《おごそ》かな手つきで、身にまとった聖衣を引き裂き、声たからかに叫んだ。

「この男は瀆神《とくしん》の言葉を吐きおったのだ!」

マリアが祭司長の向こうを見ると、そこには瀆神の言葉を吐いたという男の姿があった——それは彼女の息子であった。

やがてその場の光景は薄れ、残ったのは泥煉瓦《れんが》の壁だけであった。マリアは震えながら、とりみだした声で言った。

「信じられません——わたしにはとても信じられません。わたしどもは神を畏《おそ》れ、正直《まとも》に暮らしている家族でございます——家族のものはみんな。ええ、それにヨセフの家族も。この子も神の教えを守り、先祖からの信仰を崇めたたえるよう、気をつけて育てています。わたしどもの息子がなんで瀆神の罪など犯しましょう——そんなことは信じられません！　いま見せてくださったことは、みんな嘘にちがいありません」

すると天使は言った。

「わたしをごらん、マリア」

マリアが見ると、眩いばかりの光に包まれた姿と、麗しい顔が見えた。

天使は言った。

「わたしが見せたことは真実なのだ。なぜなら、わたしは朝の天使であり、朝の光は真実なのだ。これで信じるかね？」

心では激しく逆らいながらも、マリアはいま見せられたことが確かに真実であることを認めた……もはや信じないではいられなかったのだ。

涙がとめどもなく頰をつたい、彼女はかいば桶のなかの嬰児《みどりご》の上に身をかがめ、わが子を護《まも》るように両手をひろげた。そして叫んだ。

「わたしの坊や……自分ではどうすることもできない坊や……おまえを救うにはどうすればいいの？　おまえを待っているものから護るには？　悲しみや苦しみからだけでなく、いつかおまえの胸のなかに巣くう邪《よこしま》な心から護るには？　ああ、いっそのこと生まれてこなかったら、いえ、産声《うぶごえ》ひとつだけで死んでいたら、そのほうがおまえのためにもよかったのに。そうすれば、清らかなまま、汚《けが》れぬまま、神のみもとに帰っていったのに」

するとと天使が言った。

「だからこそ、わたしはこうして来たのだよ、マリア」

「どういうことでございましょう？」

天使は答えた。

「そなたはすでに未来を見てしまった。この子を生かすも殺すも、そなたの言葉ひとつにかかっているのだ」

それを聞くと、マリアは頭《こうべ》を垂《た》れ、押しころしたすすりなきのなかから、つぶやくように言った。

「神はこの子をわたしに授けてくださったのでございます……もし神が、こんどはこの子を取りあげようとなさるのでしたら、それもまた、まことのご慈悲《じひ》でございましょう。わが身を裂かれる思いではございますが、わたしは神の御意《みこころ》に従います」

しかし、天使はやさしく言った。

「そういうわけではないのだ。神はそなたになにも指図をしておられるのではない。選ぶのはそなたなのだ。そなたはすでに未来を見た。この子を生かすか殺すか、いまこの場で選ぶのだ」

しばらくのあいだ、マリアはなにも言わなかった。すぐに考えのまとまる女ではなかったのだ。いちど天使のほうを見て導きを求めたが、天使は応《こた》えてくれなかった。金色に輝き、美しく、そして、取りつくしまもなかった。

マリアはさきほど目の前に示された光景のことを思いうかべた――庭で見たあ

の苦悩、あさましいあの最期、死の間際にも神に見棄てられた男。そして、〝瀆神〟というあの忌《いま》わしい言葉が、またしても耳に響いた……

そして、いま目の前で眠っているこの幼な子は、清らかで汚《けが》れを知らず、幸せなのだ……

しかし、マリアはすぐには心をきめず、なおも考えつづけた――自分が見た光景をいくどとなく繰りかえし思いうかべた。そうしているうちに、奇妙なことが起こった。そのときは気がつかなかった小さなことをいくつか思いだしたのだ。たとえば、右側の十字架にかけられた男の顔が目に浮かんだ……ただ弱々しいだけで、邪悪な顔ではない――その顔は、愛と信頼と讃美の表情をたたえている……そして、とつぜん奇蹟《きせき》でも起こったように、マリアは思いあたった――「あの男があんな顔で見ていたのは、わたしの息子だったのだ……」

そして、ふいに、そしてはっきりと、彼女は庭で眠っている友だちを見おろしていたときの息子の顔を見た。その顔は悲しみを、そして憐《あわ》れみと理解と大きな愛とをたたえていた……彼女は思った。「善良な男の顔だ……」ついで、告発の場面が目に浮かんだ。しかし、こんど見たのは、ものものしい祭司長ではなく、告発された男の顔であった……そして、その目には罪の意識のかけらもなかった……

マリアの顔は困惑の色を深めた。

すると天使が言った。

「もう心はきまったかな、マリア？　息子を悪行と受難から救ってやるかな？」

マリアはゆっくりと言った。

「わたしのようななにも知らない愚かな女に、神のいとたかい御意《みこころ》を測ることはできません。神はこの子を授けてくださいました。この子をお取りあげになるのなら、それもまた神の御意でございます。でも、この子に生命《いのち》を与えてくださったのが神でございますなら、なんでわたしがその生命を奪うことができましょう。わたしにはよくわからないことが、これから先、この子を待っているかもしれません……わたしが見たものは一部の光景だけで、全部ではないのかもしれません。この子の生命はこの子自身のもので、わたしのものではありません。それをわたしが奪うのは許されないことでございます」

「もういちど考えなおしてごらん」と天使は言った。「この子をわたしの手に預けないか、そうすれば神のみもとに連れていってやるが？」

「あなたの手に抱きとってください。もし、それが神のお指図ならば」とマリアは言った。「でも、わたしは自分からお預けしようとは思いません」

大きなはばたきの音と目も眩むばかりの光とともに、天使の姿はかき消えた。

まもなくヨセフがはいってきた。マリアはいまの出来事を話してきかせた。ヨセフはマリアの対処を認めた。

「それでよかったんだよ」とヨセフは言った。「なに、わかったもんじゃない、案外、その天使は嘘をついていたのかもしれんぞ」

「いいえ」とマリアは言った。「あれは嘘ではありませんでしたわ」

それを彼女は自分のあらゆる本能をもって確信していた。

「そんな話なんか、わたしは信じないよ」とヨセフは断固として言った。「息子は充分気をつけて育て、神の教えを身につけさせよう、大切なのは教育だからね。ゆくゆくは店の仕事につかせ、安息日にはわたしたちと一緒にユダヤ教会《シナゴーグ》に通わせ、祝祭日や清めの式もおろそかにはさせないようにするのだ」

ヨセフはかいば桶のなかをのぞいて言った。

「ごらん、坊やが笑っているよ……」

確かに幼な子はほほえみながら「でかした」とでも言うように、小さな両手を母親のほうに差しだしていた。

しかし、天空では、天使が自尊心と憤怒《ふんぬ》に身を震わせていた。

「おれともあろうものが、間抜けな無知な女にしてやられるとは！　まあいい、また機会はあるだろう。いつか、あいつが力つき、飢え、身も心も衰えたとき……そのときこそ、あいつを山の頂上《いただき》に連れていき、おれのこの世界の王国を見せてやろう(3)。もろもろの王国の主権を与えると言ってやろう。かずかずの都や王や人民を支配させてやる……戦《いくさ》を終わらせ飢えと迫害を根絶やしする力をくれてやる。ほんのちょっとでも、おれの前にひざまずく素振《そぶ》りでも見せれば、平和と豊饒《ほうじょう》、満ちたりた心と善意とを根づかせることもかなえさせてやろう——あいつに自分が〝善をつかさどる至高の権力〟であることをわからせてやろう——この誘惑には、あの男でも抵抗できまい！」

そして、黎明《れいめい》の子、堕天使《だてんし》ルシファーは、あさはかにも傲慢《ごうまん》に高笑いすると、地獄の深淵めざし、一条の燃える炎となって、蒼穹《そうきゅう》を掠《かす》めさった……

東方の国で、三人の占星学者が師のもとを訪れて告げた。

「いま空に大いなる光を見ました。尊い方がお生まれになったにちがいありません」

お告げだ前兆だと、みんなが囁き叫びかわしているのをしりめに、一人のいたく年老いた占星学者がつぶやくように言った。

「神のお告げだと？　神はお告げや奇蹟など必要となさらないのだ。悪魔からきた前兆だと考えるほうが当たっていそうだぞ。思うに、もし神がわれらのなかに降りたもうとしたら、なんの前触れもなく、静かに……」

しかし、厩には多くの人が集まり、陽気な騒ぎに割れかえらんばかりであった。ロバはキーと鳴き、馬はヒンといななき、牛はモーと鳴き、男や女たちが赤ん坊を見ようと押しあいへしあいし、赤ん坊を手から手へとまわした。赤ん坊はくつくつ笑い、嬉しそうな声をあげ、誰彼なしにほほえみかけた。

「ほら」と人々は叫んだ。「この子ったら、誰でもみんな好きなんだよ！　こんな子はいままでになかったね……」

（1）新約聖書ルカ伝第二章一六その他
（2）新約聖書マタイ伝第二七章四六その他
（3）新約聖書マタイ伝第四章八その他

クリスマスの花束

マリアが聖なる花束をつくったとき
血が赤く流れた――赤く。
もうひとりのマリアは主の頭にのせる
茨《いばら》の冠を編んだ。
だが、寄生木《やどりぎ》は遠く
西の海の果てにあり、
その寄生木は異教の国の
林檎《りんご》の木に絡《から》まっていた。

ヨセフが商《あきな》いにきたとき、
グラストンベリーのなかに茨《いばら》が生えていた。
この聖なる茨は、
どこの森にもある木であった。
でも、寄生木は、朝ごとに
陽ののぼるところでは聖なる木であった。
そして、寄生木は知らなかった
ベツレヘムで嬰児《みどりご》が生まれたことを。

聖パトリックは暴風《あらし》の海を渡った
主の教えを伝えるために――そして
イヴの樹を見つけた――蛇がとぐろを巻き――
寄生木の絡まった。
「われ汝《なんじ》に命ず、蛇よ、この地を去れ、
汝、寄生木よ、耳を開け」

彼はキリストの教えを伝えた――すると視《み》よ！
寄生木は涙を流して……

寄生木には赤い実がなる、
枝に血のごとき赤い実が。
茨《いばら》は黄金色《こがねいろ》の花を咲かせ、
いまではその下のキスはならわしとなった。
おまえは主なるキリストになにを贈る？
おお！　緑なす異国の枝よ？
「まだ見たことのないお方のために、流した涙……」

では、人よ、そなたの命を人に与えよ
と、血のごとく赤い木の実が言う。
かくて、エニシダの花のはなやかに咲くところ、
人は人を愛し、

寄生木の白く輝くところ、
人は人のために涙を流す。
いざ、憐れみと愛と犠牲と……
この夜、神はわれらを祝福せん！

いたずらロバ

むかしむかし、あるところにとてもいたずらで小さなロバがおりました。いたずらするのが大好きなのです。

背になにかのせられると、それを振りおとしたり、人を追っかけて噛《か》みつこうとしたりしました。飼主は始《し》末《まつ》にこまって、ほかの人に売ってしまいました。その買い主も始末にこまって、またほかに売ってしまうというふうで、とうとうおしまいにはただ同然で売られてしまいました。

ところが、こんどの買い主は、いつも老《お》いぼれロバを買ってはちゃんとした世話をしてやらず、死ぬまでこき使うことにしているひどい爺《じい》さんでした。そこで、いたずらロバは爺さんを追っかけまわし噛みつき、後足を蹴りあげながら逃げました。そして、もうつかまるのはごめんだと、通りがかりの隊商のなかにまぎれこみました。

「こんなにたくさんいるんだから、おれが誰のロバか誰にもわかりゃしないだろう」とロバは考えたのです。

この人たちはみんなベツレヘムの町へ行くところでした。一行は町につくと、人や動物でごったがえしている大きな宿屋にはいりました[1]。

小さなロバは牛が一頭とラクダが一頭いる気持ちのいい厩《うまや》にまぎれこみました。ラクダというのはみんなそうですが、このラクダもひどく高慢ちきでした。というのは、誰も知らない神さまの名前をいくつも知っているのは、自分たちだけだと思っているからでした。このラクダも高慢ちきで、ロバに話しかけようともしません。そこでロバは自慢話をはじめました。自慢話をするのが大好きだったのです。

「おれはな、そんじょそこらのロバとは違うんだ。先のことを見る力や、昔のことを見る力をもっているんだ」

「それはどういうことだね？」と牛がききました。

「おれの前足は――前にあって――後足は――後ろにあるだろ？　まあいわばそんなふうに身についているのさ。なにしろ、おれのおばあさんの、そのまたおばあさんの、三十七代前のおばあさんは予言者バラムのロバでね(2)、自分の眼で主の御使《みつか》いを見たんだからな！」

　でも、相かわらず牛は口をもぐもぐさせて飼葉《かいば》を食べていたし、ラクダは相かわらず高慢ちきな顔をしていました。

　そのうちに、一人の男と女がはいってきて、あたりが急に騒がしくなりました。でも、なにも騒ぐほどのことはないことがロバにはすぐわかりました。ただ女が産気づいているだけの話で、こんなことはしょっちゅうあることなのです。赤ん坊が生まれると、羊飼いたちが来て赤ん坊を讃《ほ》めたたえました(3)――でも、羊飼いというものは、とても単純な人たちばかりなのです。

　ところが、やがて長い立派なローブをまとった人たちがはいってきました(4)。

「V《ヴィ》・I《アイ》・P《ピー》だよ」とラクダが低い声で言いました。

「それはなんのことだい？」とロバがききました。

「とても偉い人たちのことさ」とラクダが言いました。「贈物を持ってきたんだよ」

その贈物というのは、なにかおいしいものではないかと思って、夜になって暗くなると、ロバはあたりを探してみました。ところが、最初に見つけた贈物は黄色くて固くて、味もそっけもないし、二番目のはくしゃみが出るし、三番目のをなめてみると、いやな苦い味がするだけでした。

「なんてくだらない贈物だ」とロバはがっかりして言いました。ところが、かいば桶《おけ》のそばに立っていると、赤ん坊はかわいい手をのばしてロバの耳をつかみ、小さな赤ん坊がよくやるように、しっかり握りしめました。

すると、とても不思議なことが起こりました。ロバはもういたずらをしたいと思わなくなったのです。生まれてはじめて、いいことをしたい気持ちになったのです。そして、赤ん坊に贈物をしたくなりました——でも、贈物をしようにもなにも持っていません。赤ん坊は耳が気にいったみたいだけど、耳はからだにくっついているし——すると、またほかの妙な考えが浮かびました。自分をそっくりそのまま赤ん坊にやってもいいではないか……

そんなことを考えているうちに、まもなくヨセフが背の高い見知らぬ人と一緒にはいってきました。その人はなにか言ってしきりにヨセフを急《せ》きたてていましたが、(5)二人を見ているうちに、ロバは自分の眼が信じられなくなりました。

その見知らぬ人の姿がぼんやり消えていくと、そのあとに翼のはえた金色に輝く主の御使いが立っているのです。でも、あっと言うまもなく、御使いはまたもとのただの人間の姿になってしまいました。

「やれやれ、まぼろしを見ているんだ」とロバは独《ひと》りごとを言いました。「きっとあの秣《まぐさ》を食べたせいだ」

ヨセフがマリアに言いました。

「この子を連れて逃げなくてはならん。ぐずぐずしている暇《ひま》はないのだ」ふとヨセフはロバを見つけました。「このロバを連れていこう。誰だかわからないが、飼主にお金をおいていけばいい。そうすれば余計な暇をかけないですむからな」

こうして彼らは道路に出てベツレヘムを後にしました。ところが、道の狭いところへ来ると、ぎらぎら光る剣《つるぎ》を持った主の御使いがあらわれたので、ロバは道をそれて山のほうへと登りはじめました。ヨセフが引きもどそうとすると、マリアが言いました。

「ロバにまかせておきましょう。予言者バラムのことをおぼえているでしょ」

そして、彼らがやっとオリーヴの林のなかにたどりついたと思うと、ヘロデ王の軍勢が手に手に抜き身の剣《つるぎ》を持って道を駆けぬけていきました。

「大おばあさんと同じだ」とロバは自分のことが大満足で言いました。「どうやらおれも先のことがわかるらしいぞ」

ロバは瞬《また》きしました——すると、ぼんやりした光景が見えました——ロバが穴に落ちて、一人の男がそれを引っぱりあげてやろうとしているのです……「おや、あれはあの坊やだ、すっかりおとなになっている」とロバは言いました。と思うと、またほかの光景が見えました……同じ人で、ロバに乗って町へはいっていく(6)……「わかった」とロバは言いました。「もちろん、これから王の位におつきになるのだ！」

ところが、王冠は黄金ではなく茨《いばら》みたいでした（ロバはイバラやアザミは大の好物でした——でも、王冠にしてはふさわしくないような気がしました）。それに、前にかいだ覚えのある恐ろしい匂いがする——血の匂いだ。それに、あの厩でなめた没薬《もつやく》のような苦いものが海綿(7)の上にしみこませてある……

急にロバは、もう先のことを見たいとは思わなくなりました。ただその日その日を生きて、小さな坊やを愛し、愛され、〝このお方〟とお母さんを無事にエジプトまで送りとどけたいと思うだけでした。

(1) 新約聖書ルカ伝第二章一―七
(2) 旧約聖書民数記略第二二章二一―三〇
(3) 新約聖書ルカ伝第二章八―二〇
(4) 新約聖書マタイ伝第二章一―一二
(5) 新約聖書マタイ伝第二章一三―一五
(6) 新約聖書ルカ伝第一九章二八―三八
(7) 新約聖書ヨハネ伝第一九章二八―三〇

黄金、乳香、没薬

黄金《おうごん》、乳香《にゅうこう》、没薬《もつやく》……十字架の傍《かたわ》らに
マリアが立ったとき、カルヴァリの丘の
灼《や》けるがごとき真昼
マリアの胸を打ち、手を握りしめさせたのは
これらの言葉であった。
黄金、乳香、没薬。博士らは
喜びに騒ぐ貧しき羊飼の傍らにぬかずき、
天使は神が人の子への愛を、
嬰児《みどりご》イエスに託されたのを讃《たた》えた。

あの芳《かぐわ》しき香《かおり》はいまいずこにありや？
王者のごとき黄金はいまいずこにありや？
イエスに残るは苦き没薬と苦しみのみ。
王者のごとき姿は十字架にはなく――
苦しみのうちに死にゆく一人の男のみ……
「事畢《ことおわ》りぬ」とただ一言のつぶやき、
そのとき――まさにそのとき――
キリストの世のはじまりたるを、いかにして
マリアに知らせん？

水上バス

ミセス・ハーグリーヴズは人間嫌いだった。

彼女は人間を好きになろうと努めた。それというのも、彼女は高潔《こうけつ》な信念をもった、信心深い女だったし、人間は愛しあわねばならないということを、よくわきまえていたからである。しかし、それは生易《なまやさ》しいことではなく——ときとしては、まったく不可能なことに思えるのだった。

彼女にできることといえば、まあ、人間好きな振りをすることだけであった。ちゃんとした慈善団体に対しては、多少の無理をしても寄付金を贈ったし、有意義な目的をもった委員会にも名を連ねた。また不正行為を摘発《てきはつ》する住民大会にさえ出席したが、これは格別の努力を要した。というのは、住民大会などに出席すると、当然のことながら、お互いのからだが触《ふ》れあうことになり、人に触れられるのがミセス・ハーグリーヴズはこのうえなくいやだったからである。公共の乗り物に掲示された〝ラッシュアワーを避けましょう〟というような標語には、一も二もなく従ったが、それは人いきれでむんむんする電車やバスにすし詰めになって出かけることは、彼女にとっては、まさにこの世の地獄だったからである。

通りで子供が転んだりすると、彼女はいつでも起こしてやって、〝機嫌《きげん》なおし〟にお菓子とか、ちょっとした玩具《がんぐ》とかを買ってやった。また、病院の入院患者には本や花を贈った。

彼女がいちばん多額の寄付をするのは、アフリカにおける修道女たちの奉仕事業であったが、その理由は、修道女たちや、その奉仕をうけている人たちがはるか遠くにいて、直接会わないですむということのほか、修道女たちがほんとうに楽しんでその仕事をしているのを見て、感心すると同時に羨《うらや》ましく思ったからであり、みずからもそんなふうになりたいと、心から思ったからだった。

彼女は人と会ったり、話をしたり、からだに触《さわ》ったりする必要がないかぎり、みずからすすんで正しく、親切に、公平で、慈悲深くふるまうのだった。

しかし、それだけでは充分でないことを、彼女はよく知っていた。

ミセス・ハーグリーヴズは中年の未亡人で、息子と娘があり、どちらも結婚して遠くに住んでいるが、彼女自身はロンドンの住み心地のいいマンションで暮らしていた——そして、人間嫌いだったが、それはもうどうしようもないことのようであった。

ある日の朝、彼女が台所に行ってみると、通いのお手伝いさんが椅子に腰をおろして、泣きながらあふれる涙を拭いていた。

「——わたしにはなにも言わないんですよ、あの子は——自分の母親にですよ！　あんなひどいところに行っちまって——どういうふうに聞かされたんですかね——あのいんちき女があの子にいい加減なことをして、敗血症とか——なんでもそんな病気になったんですよ——病院に連れてかれて、そのまま入院してるんですけど、死にかけて……相手の男が誰だか言おうとしないし——こんなことになってもですよ。ひどいじゃありませんか、わたしの娘だっていうのに——あんなにかわいい子で、巻き毛が愛らしかったことといったら。いつもきれいな服を着せてやって。誰もがかわいい子だって……」

彼女は涙をのみこんで洟《はな》をかんだ。

ミセス・ハーグリーヴズはやさしくしてやりたいと思ったが、どうしてよいかわからなかった。その場にふさわしい感情がわいてこないのだ。

彼女は、とても気の毒に思っているとなだめるように言って、なにか自分にできることはないかときいた。

ミセス・チャブはこの言葉には答えようともしなかった。

「もっとあの子の面倒を見てやらなきゃいけなかったんですね……夜なんかももっと家にいて……あの子がどんなことをしているのか、どんな友だちとつきあっているのか、そんなことも知って——でも、このごろの子は、自分たちのことに口をだされるのを嫌いますしね——それに、わたしはすこしばかり余分のお金が欲しかったんですよ。わたしのためじゃなくて——イーディに新式の蓄音器を買ってやろうと思いましてね——あの子はほんとに音楽好きですし——でなくても、家で役にたつようなものでもって。わたしは自分のためにお金を使うような女じゃないんです……」

彼女は言葉を切って、もう一度思いっきり洟をかんだ。

「なにかしてあげられることはないかしら?」とミセス・ハーグリーヴズはまた同じことを言った。それから期待をこめて言った。「病院で個室はどう?」

しかし、ミセス・チャブはこの考えにはいっこう心を惹《ひ》かれなかった。

「ご親切に、奥さま。でも、病院ではとてもよく世話してくれるんですよ。それに、あの子には大部屋のほうがにぎやかでいいんです。一人っきりになるのはいやがると思いますよ。大部屋ではいつもいろんなことがありますもの」

そのとおりだ、ミセス・ハーグリーヴズは大部屋の様子を手にとるように心に描くことができた。大勢の女たちがベッドの上に座ったり、横になって眼をとじたりしている。年よりの女たちは病気と老齢のにおいを放っている――病院独特の清潔で無個性な消毒薬の香りが入り混じった貧困と病気のにおい。看護婦が器具をいれたトレイを手にしたり、食事用のワゴンを押したり、洗浄用具を運んだりして、忙しそうに動きまわっている。そして、最後にはベッドのまわりには衝立《ついた》てがたてられて……そんな光景を考えると、ミセス・ハーグリーヴズは鳥肌がたった――だが、ミセス・チャブの娘は人間が好きなのだから、〝大部屋〟にいると慰めや気晴らしになるだろうということもよくわかった。

ミセス・ハーグリーヴズは、娘のことで泣き悲しんでいる母親のそばに立って、自分にそなわっていない天分を心から欲しいと思った。彼女は泣いているミセス・チャブの肩を抱いて「さあ、さあ、もうやめて」というような、まるで他愛もないことが言えたらと思った——それも、ほんとにそういう気持ちになって。だが、うわべだけでそういう振りをしたってなんにもならない。心のこもらない行為なんか役にたちやしない。中身がなくては……

突然、ミセス・チャブはラッパのような音をたてて洟をかむと、しゃんと座りなおした。

「ああ」と彼女は明るい声で言った。「これですっきりしましたわ」

そして、肩のスカーフをきちんと直すと、急にびっくりするほど陽気に、ミセス・ハーグリーヴズを見あげた。

「思いっきり泣くほどいいものはありませんね」

ミセス・ハーグリーヴズは思いっきり泣いたことなどなかった。彼女の悲しみは内にこもってしまうのだった。彼女はなんと言っていいかわからなかった。

「おしゃべりすると気が晴れるもんですよ」とミセス・チャブが言った。「洗い物を片づけなきゃ。そういえば、お茶とバターが切れかかっていましたよ。ひとっ走り買物にいってまいりますわ」

ミセス・ハーグリーヴズは大急ぎで、洗い物と買物は自分でするからと言って、タクシーでうちに帰るようにとミセス・チャブをせきたてた。

ミセス・チャブは、バスでもかかる時間は同じなのだから、タクシーなんてもったいないと言った。それでミセス・ハーグリーヴズは、病院の娘さんになにか買ってやりたいものがあるだろうからと言って、一ポンド札を二枚渡した。ミセス・チャブは礼を言って帰っていった。

ミセス・ハーグリーヴズは流しにいってから、またしても間違いをしでかしたことに気がついた。ミセス・チャブはガチャガチャやりながら、折にふれ新しく仕入れた入院患者の噂話などを、ことこまかに話していたほうがよかったのだろうし、買物に出かければ出かけたで、自分と同じような境遇《きょうぐう》の人たちに会って、おしゃべりができただろうし、その人たちにも身内に入院患者がいて、みんなでいろんな身の上話をしあうこともできただろう。そうすれば病院の面会時間まで、時を忘れて楽しく過ごせたのではあるまいか。

「どうして、わたしはいつもこうへまばかりするのかしら？」ミセス・ハーグリーヴズは器用な手つきで手早く洗い物をしながら考えたが、あれこれ答えを探す必要はなかった。

「わたしが人のことを気にかけないからだわ」

ミセス・ハーグリーヴズはなにもかも片づけてしまうと、買物かごを持って家を出た。金曜日だったので人出が多かった。肉屋でも人だかりがしていた。女たちはミセス・ハーグリーヴズを押したり、肘《ひじ》で押しのけたりして、かごや袋を彼女とカウンターの間に割りこませたりした。ミセス・ハーグリーヴズはそのたびに先を譲った。

「ごめんなさいよ、あたしのほうが早く来たんですから」背のたかい、オリーヴ色の肌の、痩《や》せた女が割りこんできた。それはまるででたらめで、そのことはお互いによく承知していたのだが、ミセス・ハーグリーヴズはおとなしく後ろにさがった。ところが、あいにく彼女の肩をもつものがあらわれた。大柄で逞《たくま》しく、よく世間にはいるものだが、公徳心に富み、正義がおこなわれるのを見なければ納まらない女である。

「この人を割りこませるこたあないよ、あんた」とその女はミセス・ハーグリーヴズの肩にのしかかり、はっかの匂いをぷんぷんさせながら注意した。「あんたはこの人よりずっと早かったよ。あたしはこの人のすぐ後に来たんだから、よく知ってるよ。さあ、行きなさいよ」女は荒っぽく脇腹をついた。「そこにはいって、自分の番だって言うんだよ」

「かまわないんです、ほんとに」とミセス・ハーグリーヴズは言った。「わたしは急ぎませんから」

その態度は誰にも歓迎されなかった。

割りこんだ張本人は、すでにフライ用の肉を一ポンド半注文していたが、振りむくなり、すこし外国訛《なまり》のある鼻にかかった声で挑戦してきた。

「あんたがあたしより先に来ていたのなら、なぜそう言わないの？　上品ぶってさ」（ここで口真似して）「かまわないんです、だって！　そんなこと言われて、あたしがどんな気がすると思う？　あたしは自分の番を譲る気はありませんからね」

「冗談じゃないよ」とミセス・ハーグリーヴズの味方が皮肉たっぷりに言った。

「なにをしらっぱくれているのよ！　わたしたちはみんな知ってるんだよ、ねえ？」

彼女が見まわすと、すぐいっせいに同意の声があがった。その女が割りこみ常習犯であることは、周知の事実のようだった。

「あの人のやり口はみんなよく知ってるのよ」と一人の女が小声で言った。

「ランプ肉一ポンド半」と肉屋は言いながら、包みを差しだした。「さあ、おつぎはどなた？」

ミセス・ハーグリーヴズは買物をすませると、逃げるように通りに出たが、なんてすさまじい人たちだろうと思った。

つぎに彼女はレモンとレタスを買うため八百屋に行った。八百屋のおかみさんは相かわらず愛想がよかった。

「いらっしゃいまし、今日はなにをさしあげましょう、ラヴ？」おかみさんは音をたててレジスターを打ち「まいどありがとう。おまちどおさま、ダーリン」と言いながら、ふくらんだ紙袋を初老の紳士の腕のなかに押しこんだので、紳士は驚いて不愉快そうにおかみさんを見た。

「いつもわたしのことをあんなふうに呼ぶんですよ」おかみさんがレモンを取りにいったすきに、紳士が憂鬱《ゆううつ》そうに言った。『ラヴ』だとか『ダーリン』だとか。わたしのほうじゃ、あの人の名前も知らないというのにね！」

ミセス・ハーグリーヴズは、ただの流行《はやり》言葉だと思うと言った。紳士は怪訝《けげん》そうな顔をして立ち去ったが、ミセス・ハーグリーヴズは自分と同じ悩みの持ち主を発見して、ちょっと元気が出た。

買物かごがかなり重くなっていたので、ミセス・ハーグリーヴズはバスで帰ることにした。停留所には三、四人の客が待っていて、機嫌の悪そうな女の車掌が大声をあげた。

「さあ、どうぞ、お早く願います――一日じゅう待ってるわけにはいきませんからね」車掌は関節の悪い年輩の婦人をひっぱりあげて後ろから押したので、その婦人はよろけこみ、ほかの客にかかえられてやっと席についた。ミセス・ハーグリーヴズはあまりの痛さに飛びあがるほど力いっぱい二の腕をつかまれた。

「なかほどへどうぞ。満員でございます」車掌が乱暴にベルの紐をひっぱると、バスは勢いよく発車した。ミセス・ハーグリーヴズは、本人の罪ではないにしても、二人分の座席のたっぷり四分の三を占領している肥っちょの女の上に倒れかかった。

「すみません」ミセス・ハーグリーヴズは喘《あえ》ぎながら言った。

「小柄な方ならゆっくり座れますよ」と肥った女は陽気に言って、なんとか小さくなろうとしたが、どうにもならなかった。「車掌にはいやな女がいますわね。わたしは黒人のほうが好きですわ。親切で礼儀ただしくて――乱暴に押したりしませんしね。乗り降りにも注意して手をかしてくれますわ」

女は上機嫌でたまねぎの匂いをミセス・ハーグリーヴズに吹きかけた。

「あなたからご意見をいただかなくてもけっこうです」と乗車賃をとりにきた車掌が言った。「わたくしどもは時刻表どおりに運行しなければならないんですからね」

「どうりで、このバスは一つ前の停留所でぐずぐずしていたのね」と肥った女は言った。

「さあ、四ペンス」

ミセス・ハーグリーヴズは言い争いと押しつけがましい愛情でくたくたになり、

痛みの残る腕をかかえるようにして家にたどりついた。家は平和に満ちているような気がし、ほっとして椅子に沈みこんだ。

しかし、ほとんど休む暇もないうちに掃除人が窓を拭きにきて、彼女の後からついてまわり、女房の母親の胃潰瘍《いかいよう》の話ばかり聞かされた。

ミセス・ハーグリーヴズはハンドバッグをとると、ふたたび外に出た。無人島に行きたかった――むしょうに。しかし、無人島といってもすぐ行けるわけでもないので――（事実、そのためには旅行社や旅券を扱う役所に行ったり、予防注射をしたり、外国のヴィザをもらったり、そのほか多くの人と接触しなければならない）――彼女はテムズ河のほうへぶらぶら歩いていった。

「水上バスがある」と彼女は考えた。

たしかそんなものがあったはずだ。なにかで読んだ記憶がある。船着き場があったわ――堤防通り《エンバンクメント》を少し行ったところに。人が船から降りてくるのを見かけたことがある。もちろん、水上バスでもほかの乗り物と同じように混雑しているかもしれないけど……

ところが、運がよかった。汽船というのか、水上バスというのか知らないが、とにかく船はめずらしくがらあきだった。ミセス・ハーグリーヴズはグリニッジまでの切符を買った。一日のうちでもちょうど暇な時間で、天気もとくによいというわけでなく、風も肌を刺すように冷たかったので、船遊びに出かける人はほとんどいなかった。

船尾には、何人かの子供と疲れきった付添いの大人が一人、これという特徴のない男が二人、色のあせた黒い服を着た老婆がいた。船首には男がたった一人いるだけだった。そこでミセス・ハーグリーヴズは船首のほうに行き、騒々《そうぞう》しい子供たちからできるだけ遠い席についた。

船は船着き場を離れてテムズ河に乗りだした。河の上は穏やかだった。ミセス・ハーグリーヴズはこの日はじめて、安らいだ、のんびりした気持ちになった。彼女は逃げだしたのだ――だが、なにから逃げだしたのだろう？「あらゆるものから」とでも言えば言えるのだが、それがどういう意味なのか、彼女にははっきりとはわからなかった……

彼女は感謝の気持ちであたりを見まわした。ありがたい、ありがたい水。これほど――これほど一人っきりにしてくれるなんて。たくさんの船が河を上り下りしていたが、自分とはなんの関わりあいもないのだ。河岸の人々はめいめいのことで忙しそうだった。それならそれでいい――その人たちは楽しくやっていけばいいのだ。自分はこうして船に乗って、海のほうへ運ばれているのだ。

いくつかの船着き場があって、人々が乗ったり降りたりした。船はまた予定の道筋に出た。ロンドン塔で例の騒々しい子供たちが降りた。ミセス・ハーグリーヴズは、子供たちがロンドン塔で楽しく過ごすようにと、やさしい気持ちで思った。

船は波止場《はとば》地帯を通りすぎた。彼女の幸せな落ちついた気持ちはいっそう強くなった。船にはまだ十人ちかい人が乗っていたが、みんな船尾のほうに集まっていた――風をよけているのだ、と彼女は思った。そのときになってはじめて、彼女は船首にいる乗客にちょっと注意を向けた。

どこか東洋の国の人らしい、と彼女はあやふやながら見当をつけた。ラシャのような生地のケープに似た長い上衣を着ていた。アラブ人かしら？　それともベルベル人？　インド人ではないわ。

上衣の生地のきれいなこと。一枚織りの布でできているらしい。織り方がまたすばらしい。彼女は衝動をおさえきれず、そっと触れてみた……

上衣に触れたときの感じは、その後二度と味わうことのできないもので、筆にも言葉にもあらわしようがなかった。まるで万華鏡をまわしたときのようだった。部分部分は同じであったが、その組合せがちがっていて、新しい模様をつくるのだ……

水上バスに乗ったとき、彼女は自分自身から逃れ、型どおりの朝の生活から逃げだしたいと思っていたのだ。ところが、逃げだしはしたものの、それは思いもよらない方向であった。心のなかで繰りかえされる出来事のなかでは、彼女は依然として彼女自身であり、型どおりの生活のなかにいるのだった。しかし、こんどはちがっている。彼女がちがったので、出来事の型もちがっているのだ。

彼女はふたたびミセス・チャブのそばに立っていた——かわいそうなミセス・チャブ——ミセス・ハーグリーヴズはふたたび身の上話を聞いているのだが、こんどはちがった話だった。ミセス・チャブが言葉にして話したことではなく、ミセス・チャブが感じていたこと——彼女の絶望感、それに——彼女の罪悪感であった。それというのも、もちろん、彼女は心のなかでは自分を責めていて、娘に

——かわいい娘に——どれほどいろんなことをしてやったか、自分に納得させようとしていたのだ——ドレスだのお菓子だのを買ってやったり——なにか欲しがると、どんなことをしてでも、それをかなえてやったことを思いだした——働きにもでた——だが、もちろん、内心では、自分が働いているのは、イーディの蓄音器のためではなく、洗濯機のためだということを知っていた——それも、ミセス・ピーターズが外の通りに出しているような（これみよがしに！）洗濯機なのだ。彼女が骨身をけずって働いてきたのは、主婦としての強い自尊心のためだったのだ。たしかに、これまでイーディにいろんなものを——それも、惜しみなく——与えてはきたが、イーディのことを充分に考えてやったことがあるだろうか？　つきあっているボーイフレンドのことは？　友だちを家に呼んでやるとか——イーディが家でパーティのようなものを開けないものかと心がけてやるとか？　イーディの性格や生活を考えて、どうすれば一番いいかを考えてやったことがあるだろうか？　いずれにしろ、イーディは自分の責任——一生の最も大きな責任——なのだから、イーディのことをもっと理解してやるべきだったのだ。そのことに愚かであってはいけない。善意だけでは充分ではない。人間は愚かでないように心がけなくてはならないのだ。

空想のなかで、ミセス・ハーグリーヴズはミセス・チャブの肩を抱いた。そして、愛情こめて考えた。「かわいそうに、おばかさんね。あなたが思ってるほど悪くはないのよ。娘さんが死にそうだなんて、そんなことがあるもんですか」もちろん、ミセス・チャブは大袈裟《おおげさ》で、わざわざ悪いほうへ悪いほうへと考えるのだが、それはミセス・チャブの人生に対する見方なのだ――メロドラマ的な言葉をつかえば。そうすることによって、生活の単調さがなくなり、生きていくのが楽になるのだ。ミセス・ハーグリーヴズにはよく理解できるのだが……

ほかの人たちのことも、ミセス・ハーグリーヴズの心に浮かんできた。肉屋の店先で口喧嘩を楽しんでいた女たち。あそこに登場していた人たちすべて。ほんとにおもしろかった。とくに正義感に燃えたあの赤ら顔の大柄な女。ほんとに喧嘩好きなのだ。

八百屋のおかみさんが、わたしに「ラヴ」と呼びかけたのが、いったいどうして気になったのだろう、とミセス・ハーグリーヴズは考えた。親しみをこめて言ってくれた言葉なのに。

あの機嫌の悪い女の車掌は――どうしたというのだろう――考えあぐねたあげく、やっとその理由に思いあたった。前の晩、恋人に待ちぼうけを食わされたんだわ。だから、だれかれ相手かまわず憎らしくなり、自分の単調な生活がいやになって、ほかの人に自分の力を見せつけたくなったのだ――物事がうまくいかないと、誰でもそんな気持ちになるものなのだ……

万華鏡がまわった――模様が変わった。彼女はもはやそれを見ているのではなく――そのなかに――その一部になっているのだった……

船が汽笛を鳴らした。彼女は溜息をつき、からだを動かすと眼をあけた。船はグリニッジに着いていた。

ミセス・ハーグリーヴズはグリニッジから電車で帰った。ちょうど昼食時間で電車はほとんどがらあきだった。

しかし、ミセス・ハーグリーヴズは、たとえ満員だったとしても気にしなかっただろう……

というのは、ほんのしばらくの間ではあるが、彼女はほかの人たちと一つになっていたからである。彼女は人間に好意をもった。愛した――と言ってもいいくらいだったのだ！

もちろん、それは長続きはしないだろう。そのことはわかっていた。性格がすっかり変わるということは現実にはありえない。しかし、彼女は自分に与えられたものを理解し、つつましく、心の底から感謝した。

いままでは、自分が心から望んでいたものがなんであるか、彼女にはわかっていた。その温かさと幸福を知った――それは外から見て得た知的な考え方ではなく、内から得たものであることを知った。それを感じとったのだ。

そして、おそらく、それがどういうものであるかを知った今、あるいは、それに通ずる道を見つけることもできるのではないだろうか……？

彼女は調和のとれた一枚織りの、あの上衣のことを思いおこした。男の顔を見ることはできなかった。しかし、彼女はわかったような気がした。〝その人〟が誰であるかが……

すでに、その温かさと姿かたちは、記憶から薄れかかっていた。しかし、彼女は忘れないだろう――いや、絶対に忘れることはしないだろう！
「ありがとう」とミセス・ハーグリーヴズは感謝にあふれた心の底から言った。がらあきの電車のなかで、ほんとに声に出して言ったのだ。

水上バスの係員が手にした切符を不思議そうに見ていた。

「もう一枚はどうなったんだろう？」

「どうしたっていうんだ？」昼食のために上陸する支度をしていた船長がたずねた。

「まだ誰か一人、船に残っているはずだ。お客は八人だったんだ。ちゃんと数えたんだから。それなのに、切符が七枚しかないんだ」

「誰も残っちゃいないよ。自分で調べてみろ。おまえが知らんうちに降りたんだろう――それとも、水の上を歩いていったのかな！[1]」

船長は自分の冗談に腹をかかえて笑った。

（1）新約聖書マルコ伝第六章四七―四八

夕べの涼しいころ(1)

教会はほとんど席がないほどだった。近頃は朝の礼拝よりいつも夕拝のほうが集まりがよかった。

グリアスン夫人は説教壇の側《がわ》の前から五列目の席に夫と並んでひざまずいた。端正な背を前屈みにした姿は優雅で気品があった。この姿を見たら、ごく普通の信者が穏やかな慎み深い祈りをささげていると誰でも思うことだろう。

だが、ジャネット・グリアスンの祈りは穏やかさなどとはほど遠いものであった。その祈りは炎の翼に乗って天駆《あまが》けった。

「神よ、あの子を救いたまえ！　あの子に慈悲を垂《た》れたまえ。われに慈悲を垂れたまえ。あの子を癒《いや》したまえ。主よ、あなたは全能なり。慈悲を——慈悲を。御《み》

手《て》をのばしたまえ。あの子の心を開きたまえ。この上なく心やさしく——おとなしく——穢《けが》れを知らぬ子供なれば。あの子を癒したまえ。世の常の子供になしたまえ。主よ、このつたなき者の祈りを聞きとどけたまえ。聞きとどけたまえ……わが身にはいかなることを課したまうとも御心のままなれば、その手をのばして、あの子を健《すこ》やかなる者となしたまえ。おお神よ、わが祈りを聞きとどけたまえ。聞きとどけたまえ。主は全能なり。わが信仰もてあの子を健やかなる者となしたまえ。われ信仰をもつ——われ信ず。われ信ず！　われを救いたまえ！」

人々は立ちあがった。グリアスン夫人も一緒に立ちあがった。優雅で、あでやかで、落ちついて。礼拝はつづいた。

牧師が説教壇にあがって聖書を朗読した。

詩篇第九五篇一〇節。毎週日曜日の朝、みんなで唱和する詩篇の部分だった。

「かれらは心あやまれる民、わが道を知らざりき」

牧師は善良な人だったが話上手ではなかった。一生懸命になって、この言葉の意味するところを会衆に理解させようとした。民は過ちを犯した、とはいっても、誤ったことをしたのでもなく、神に善しとされない行ないをしたのでもなく、また、これといって明白な罪を犯したのでもない——民は過ちを犯したということさえ知らないのだ。ただ神を知らなかったというだけのことなのである……彼らは神がなにものであるかを知らず、神の求めるものを知らず、神がいかにしてご自身を示したまうかを知らなかったのだ。彼らは知ることができたはずなのだ。牧師がとくに強調しているのはこの点であった。知らないということは言いわけにはならない。彼らは知ることができたはずなのだ。

牧師は祭壇のほうを向いた。

「いま、ここに父なる神に……」

まったくまずい言い方をしたものだ、と牧師は情けなく思った。言いたかったことの十分の一も言いあらわせていない……

今日の夕拝は集まりがよかった。このうちの何人がほんとに神を知っているだろうか、牧師はおぼつかない気持ちがした。

ジャネット・グリアスンはふたたびひざまずいて、熱にうかされたように必死になって祈った。意欲の問題、ただ一心に祈ることだけ。それさえできれば——神は全能なのだ。自分の祈りが神にとどきさえすれば……

一瞬、彼女は祈りがとどいているような気がした——と、そのとたん、人々が立ちあがるせわしないざわめきが聞こえた。溜息、人の動く気配。夫の手が腕に触れた。しぶしぶ夫人は立ちあがった。顔は蒼白だった。大はちょっと眉をよせて彼女を見た。彼は物静かな男で、どんなものであろうと激しいことは好まなかった。

教会の玄関で友人たちが二人を待っていた。

「すてきな帽子ね、ジャネット。新調なんでしょう？」

「あら、いいえ、ずっと昔のよ」

「帽子ってほんとにむずかしいわね」とスチュワート夫人が愚痴っぽく言った。「田舎ではふだんは誰もかぶらないのに、日曜日はかぶらないと変な気がするんですもの。ジャネット、ランフリー夫人はご存じだわね——こちらはグリアスン夫人にグリアスン少佐。ランフリーご一家はアイランド・ロッジに引っ越していらしたのよ」

「どうぞよろしく」ジャネットは握手をしながら言った。「すてきなお家《うち》ですわね」

「冬になったら洪水で立ちのかされる羽目になるだろうって、みなさん、おっしゃいますの」とランフリー夫人は心配そうに言った。

「まあ、そんなこと——毎年のことじゃありませんわ」

「でも、ときにはあるんでございましょう？　承知の上でしたのよ！　でも、子供たちがすっかり夢中になってしまって。それに、子供たちは洪水になったら大喜びしますわ、きっと」

「お子さまは何人いらっしゃいますの？」

「男の子が二人、女の子が一人ですの」

「エドワードはうちのジョニーと同い年ですのよ」とスチュワート夫人が言った。

「エドワードは来年パブリック・スクール[2]に行くんでしょうね。ジョニーはウィンチェスターに行くことにしてるんですよ」

「あら、エドワードは頭がわるくて、公立試験に合格するなんてとても無理ですわ、きっと」とランフリー夫人は溜息まじりに言った。「あの子ったら遊ぶことばっかりにかまけて、ほかのことなんかまるでその気がないんですもの。予備校にやらなきゃだめですわ。できのわるい子供をもつなんて、グリアスンさん、ほんとにいやですわね」

そのとたん、ランフリー夫人は身も凍るようなものを感じた。すぐに話題が変わり――近くウェルズリー・パークで催される祭りのことになった。

人々がそれぞれの方向に別れていくと、スチュワート夫人がランフリー夫人に言った。

「ねえ、あなたには話しておかなくてはならなかったわね」

「わたし、なにかわるいことを言ったの？　そう思ったんだけど――でも、どんなこと？」

「グリアスンさんのこと。息子さんのことなのよ。一人息子なんだけど、その子がすこしおかしいの。知恵遅れなのよ」

「まあ、わるかったわね――でも、わたしが知ってるわけないんですもの。どうして人間って、こう余計なことばかりするんでしょうね？」

「ただ、ジャネットはちょっと気にするほうだから……」

野道を歩きながら、ロドニー・グリアスンはやさしく言った。

「どうっていうつもりはなかったんだよ。あの人は知らなかったんだ」

「ええ。そりゃあの人は知らなかったんだわ」

「ジャネット、なるべく――」

「なるべく、なんですの？」

「なるべく気にしないようにすることだよ。あるがままに受けいれて――」

ジャネットがさえぎった。かんだかい、絞《しぼ》りだすような声だった。

「いいえ、受けいれられませんわ――あなたがおっしゃるようにはね。なんとかできるはずですわ！　からだにはちっとも悪いとこなんかないんですもの。腺かなんかなのよ、きっと――ほんの単純なことなのよ。そのうち、お医者さまが見つけてくださるわ。なにかあるはずですよ――注射とか――催眠術とか」

「おまえは自分で自分を苦しめているだけだよ、ジャネット。ずいぶん医者にも連れていったじゃないか。あれじゃあの子がかわいそうだよ」

「わたしはあなたみたいにはなれませんわ、ロドニー。諦《あきら》めません。いまだって、教会でまたお祈りしたんですよ」

「祈りすぎるよ」

「〝祈りすぎる〟なんてことがあるかしら？　わたしは神さまを信じているんで

すよ。ええ、信じています。わたしには信仰があります――そして、信仰は山だって動かすことができるんですよ」

「神に注文をすることはできないよ、ジャネット」

「ずいぶん変なことをおっしゃるのね！」

「それがその――」グリアスン少佐は気まずそうに口ごもった。

「あなたには信仰ってものがわかっていらっしゃらないのよ」

「信頼と同じ意味のはずだがね」

ジャネット・グリアスンは夫の言葉をよく聞いてもいなかった。

「今日ね――教会で、とても恐ろしい気持ちになったの。教会には神さまがいらっしゃらないような気がしたんです。神さまなんていないというんじゃなくて――ただ、どこかほかのところにいらっしゃるんだって感じ……でも、どこなんでしょう？」

「おいおい、ジャネット！」

「いったいどこにいらっしゃるんでしょう？　どこに行ったらお会いできるんでしょうね？」

家の門をはいると、夫人はつとめて自分をおさえた。ずんぐりした中年の女が、笑顔で二人を出迎えた。

「礼拝はいかがでございました？　お夕食はもうすぐできます。十分後では？」

「ええ、けっこうよ。すまないわね、ガートルード。アランは？」

「いつものようにお庭でございます。お呼びしましょう」

彼女は両手でラッパをつくって口にあてた。

「アーラン。アーラン」

とつぜん、男の子が息せききって駆けてきた。金髪で青い眼をしている。興奮して、幸せそうだった。

「ダディ——マミー——ほら見て、見つけたんだよ」

アランはかこった両手をそっと開いて、なかの小さなものを見せた。

「まあ、いやだ」ジャネット・グリアスンは身震《みぶる》いして顔をそむけた。

「好きじゃない？　ダディ！」少年は父親のほうを向いた。「ほら、ちょっと蛙みたい——でも、蛙じゃないよ——毛がはえていて、羽根みたいなものがあるよ。こんなのはじめて——ほかの動物とはちがうんだもん」

少年は近寄ってきて、声をおとした。

「名前をつけたんだ。ラフィオンっていうんだよ。いい名前だと思う？」

「とてもいい名前だよ」父親は仕方なさそうに言った。

少年はその奇妙な生きものを地面におろした。

「跳《は》ねていけ、ラフィオン。飛べるのなら飛んでみろ。ほら、行くよ。ぼくのこと、こわがっていないんだ」

「さあ、ちゃんとして、お夕食ですよ、アラン」と母親が言った。

「うん、そうだ、ぼく、おなかがすいちゃった」

「なにをしてたの？」

「うん、お庭のすみっこで友だちとお話をしてたんだ。いろんな動物の名前をつけるのを手伝ってくれるんだよ。とってもおもしろいんだ」

「あの子は幸せなんだよ、ジャネット」少年が階段を駆けあがっていくと、グリアスン少佐は言った。

「わかってますわ。でも、あの子、これから先どうなるんでしょうね？　それに、あの子の見つけてくる気味のわるいものったら。研究所で事故があってからというもの、このごろじゃそこらじゅううようようよしてるんですもの」

「そのうち死んでしまうよ。突然変異で生まれたものは、みんなそういうものなんだ」

「変な恰好の頭――それに、余分の足！」夫人は身震いした。

「じゃ、ムカデの足のことを考えてごらん。あれは気にならないのだろう？」

「あれは当たり前ですもの」

「なんにだって、はじまりというものはあるものさ」

アランが階段を駆けおりてきた。

「楽しかった？　どこに行ってたの？　教会？」アランは笑ってはいたが、この言葉を嚙みしめるように言った。「教会――教会――おかしな名前だね」

「神さまのお家《うち》という意味ですよ」と母親が言った。

「そうなの？　神さまがお家に住んでいるなんて、ぼく、知らなかった」

「神さまは天にいらっしゃるのよ。お空の上なの。話してあげたでしょう」

「でも、しょっちゅうじゃないでしょ？　降りてきて、歩きまわったりしないの？　夕方なんか？　夏なんか？　涼しくて気持ちのいいときなんか？」

「エデンの園ではね」とグリアスン少佐はほほえみながら言った。

「ううん、ここのお庭だよ、うちの。神さまはぼくみたいに、おもしろくてめずらしい動物やなんかが好きなんだ」

ジャネットはたじろいだ。

「あんな妙な動物はね――坊や」夫人はちょっと言葉を切った。「ねえ、事故があったでしょ。丘の上の大きな研究所で。だから、こんな変な――生きものがそこらじゅううようよしてるの。あんなのはそんなふうにして生まれたのよ。いやだわね、そんなことって！」

「どうして？　すごいと思うけどな。いつも新しいものが生まれてくるって。はく、あいつらに名前をつけてやらなくちゃ。ときどき、いい名前を思いつくんだよ」

アランはもじもじしながら椅子を立った。

「ごちそうさま。ねえ、もう行ってもいい？　友だちがお庭で待ってるんだ」

父はうなずいた。ガートルードが穏やかに言った。

「子供ってみんな同《おんな》じですわね。いつでも遊び〝友だち〟を自分でつくるんですよ」

「五つならね。でも、十三にもなって」ジャネットは辛《つら》そうに言った。

「気にならないで、奥さま」とガートルードがやさしく言った。

「気にしないではいられないじゃないの」

「ものは考えようでございますよ」

庭のはずれの涼しい木蔭《こかげ》で友だちがアランを待っていた。

その人は兎みたいなものを撫《な》でていたが、それは兎のようで兎とはどこかちがっていた。

「どうだ、これが気にいったかい、アラン？」

「うん、なんて名前にする？」

「そりゃきみがつけなきゃ[3]」

「ほんとにいいの？　そうだな――そうだな――フォーテオー。いい名前？」

「きみがつけるのは、みんないい名前だよ」

「あなたにも名前があるの？」

「わたしには名前がたくさんあるんだよ」

「そのうちの一つは神さま？」

「そうだよ」

「そうだと思った。あなたはほんとは、長いものがてっぺんに立っている、村の石の家に住んでるんじゃないんでしょ？」

「わたしはいろんなところに住んでいるんだよ……でも、ときどき、夕方の涼しいころは、庭を散歩するのだ――友だちと一緒に、『新しい世界』(4)のことを話しながらね――」

（1）旧約聖書創世記第三章八
（2）主に上流階級の子弟を教育する全寮制の私立中等・高等学校。ウィンチェスターはそのうちの有名校の一つ
（3）旧約聖書創世記第二章一九―二〇
（4）旧約聖書イザヤ書第六五章一七
新約聖書ヨハネ黙示録第一章一―五

空のジェニー

おりておいで、ジェニー、おりておいで丘の上から
おりておいで、ぼくの待つここまで
おりておいで、ぼくの腕へ、唇へ、愛へ、
おりておいで、ぼくの願いをかなえるために

けれどもジェニーは独《ひと》りで歩く、頭をもたげて、
丘を歩く、風に髪なびかせて、
呼べど叫べどおりてはこない
風とともに歩く、顔を空へとあげて……

夕べの涼しいころ、ぼくは森を歩いていた、
そこでぼくは神さまに会った……恐《こわ》くはなかった。
一緒に森の奥を歩いた
そして一緒に創《つく》ったものを見た
一緒に見て、ぼくたちは思った、みんな善《よ》し、と……

神は世界を創り、空に星をちりばめた
銀河の流れは速く、いずこへか、なにゆえか誰にもわからないが。
神は秩序ある宇宙を形造った、無辺の宇宙を、
そして、丘、谷、森の小鳥
神はそれらを創り、愛し、善しと見たもうた……

そして、ぼくは——ジェニーを創った！　丘の上を歩かせるように。
いかに声はりあげようと、ジェニーはおりてこない。

いつまでも歩きつづける、顔をあげて、
ぼくが呼んでもおりてはこない、
ぼくの求めるままにはおりてこない、
ジェニーはぼくが夢みたままの――そして、ぼくの愛と憧れと望みをこめて
創ったままの姿で……

心をこめてジェニーを創った、
愛と憧れでぼくは創った、
丘の上を歩くように
孤独と美と炎のうちに……

夕べの涼しいころ、ぼくは森を歩いた
そして、神さまがそばを歩いていた……
　ぼくたちの心は通った。

いと高き昇進

丘の中腹の小さな石造りの教会から、坂道をおりてくる人たちがいた。朝まだ早く、やっと空が白みかけるころだった。その人たちが村を通りぬけるのを気づいたものはなく、一人か二人、夢うつつに溜息をついたり寝返りをうったりしただけだった。その朝、その人たちを見た人間はたった一人、ジェイコブ・ナラコットだけで、なにかぶつぶつ言いながら溝のなかで起きあがったときだった。前の晩、〈ベル・アンド・ドラゴン〉を出てまもなく、そこで酔いつぶれてしまったのだ。

ジェイコブは座りなおして眼をこすったが、自分の見たものが信じられなかった。よろめきながら立ちあがると、おぼつかない足どりで自分の家のほうへ歩き

だしたものの、いま見た幻覚のおかげで気分がおかしくな·った。四つ辻にさしかかると、村の巡査のジョージ・ポールクがパトロールしているのに出あった。

「ずいぶん遅いご帰館だね、ジェイコブ。いや、早いと言ったほうがいいかな？」ポールクはにやにやしながら言った。

ジェイコブは呻《うめ》き声をあげ、両手で頭をかかえてゆさぶった。

「政府がビールになにかいれやがったんだな。また余計なことをしやがって。こんな気分になったのははじめてだ」

「こんな時間に千鳥足《ちどりあし》で帰ったら、奥方がなんと言うかね？」

「なんにも言いやしないさ。妹んとこに行ってるんでね」

「それをいいことに、ここぞとばかり新年そうそうの朝帰りってわけかい？」

ジェイコブは口のなかでなにかぶつぶつ言った。それから不安そうに言った。

「たったいま、大勢の人を見ただろう、ジョージ？　この道を歩いてくるのを？」

「見うけなかったな。どんな連中だい？」

「おかしな連中なんだ。妙な服を着てね」

「ビート族のことかい?」

「うんにゃ、ビート族じゃねえ。なんだか昔風の恰好をしてたよ。なかにはなにか持ってた奴もいたな」

「どんなものだ!」

「すごく大きな車輪《くるま》を持っている奴がいたよ——女でね。それに、焼き網を持ってる野郎もいた。ほかに、わりかしいける娘がいてね、やけに派手な服を着て、大きなバラの花かごを持っていたよ」

「バラだって? この季節に? なにか行列みたいなものかな?」

「ちげえねえ。それに頭の上にお燈明《とうみよう》をのっけてたぜ」

「おい、しっかりしろよ、ジェイコブ! まぼろしさ——おまえが見たのは、まぼろしだってことだ。家に帰って、水で頭を冷やして、ひと寝入りして、そんなものは追っぱらうことだな」

「それがおかしなことに、前にどこかで見た気がするんだ——だが、どこでだか、どうしても思いだせないんだよ」

「水爆禁止のデモかもしれないな」

「それがね、みんな派手で奇妙な服を着てるんだ。十四人いたよ。[1] 数えたんだ。たいてい二人ずつ並んで歩いていたよ」

「ふうん、じゃ、大晦日《おおみそか》のパーティの帰りかな。だがね、わたしに言わせりゃ、おまえ、〈ベル・アンド・ドラゴン〉で飲みすぎたってことだ。みんなそのせいさ」

「正月を正月らしく迎えたのさ、みんなでな。今年は特別のお祝いじゃねえかよ、ただの〝古き年を送り、新しき年を迎える〟ってえだけじゃないんだぜ。古い世紀を送り、新しい世紀を迎えるんだからな。紀元二千年一月一日、それが今日じゃねえか」

「なにか起こってもいいはずだな」

「強制立退きがもっと増えるだろうな。きょう日じゃ、自分の家だって、自分の城じゃなくなったんだから。叩きだされて、あのろくでもねえ新しい町へ追っぱらわれるんだ。それがいやなら、ニュージーランドかオーストラリア行きだ。政府がいいと言わなきゃ子供もつくれねえし、裏庭にごみを棄てることもできねえ。ろくでなしの区会議員がまわってきやがって、村のごみ処理場に持っていけってんだからな。いったい裏庭ってものはなんのためにあると思ってやがんだろう？　つまりだな、誰も人間を人間として、もう扱わなくなって……」

ジェイコブの声が遠ざかっていった……

「新年おめでとう、いい年を」ポールクはジェイコブの後ろ姿に声をかけた。

十四人の一行はなおも歩きつづけた。

聖カタリナ[2]は憂いに沈んだ様子で車輪を転がしていた。彼女は横を向くと、焼き網の具合を調べている聖ラウレンティウス[3]に話しかけた。

「こんなもので何ができるかしら？」

「車輪というものは、どんなときでも役にたつんじゃないかな」と聖ラウレンティウスがあまり自信なさそうに言った。

「どんなときに？」

「あなたが言いたいことはわかりますよ——拷問のときにっていう意味だったんです——人間のからだを八つ裂きにするために」

「車輪で八つ裂きにするなんて」聖カタリナはちょっと身震いした。「あなたはその焼き網でなにをなさるおつもりなの？」

「なにかを料理するときに使えるんじゃないかと思ってるんですがね」

「まあ、いやだ」死んだイタチのそばを通りかかったとき、聖クリスチナ[4]が声をあげた。

ハンガリーの聖エリーザベト[5]が持っていたバラの花を一本渡した。聖クリスチナは嬉しそうにその香りをかいだ。聖エリーザベトはまた後から来る聖ペテロ[6]のそばにもどった。

「わたしたち、みんな二人ずつ組んでるみたいだけど、どうしてかしら？」

「たぶん、どこか似かよったところがあるからですよ」

「わたしたち、似かよったところってある？」

「そうだな、二人とも嘘つきなんですよ」とペテロが陽気に言った。

一度だけ、けっして忘れられない嘘をついたことがあったとはいうものの、ペテロはとても正直な男であった。彼はありのままの自分を認めていた。

「そうだわ、そうだわ！」とエリーザベトが大声をあげた。「思いだしてもたまらない気持ちよ。あの日、どうしてあんなに卑怯で——意気地なしだったんでしょう？　どうして勇気をだして言わなかったんでしょう？　『おなかをすかしている人にパンを持ってってやるところです』って。黙っていたので夫がどなったの。『そのかごにはなにがはいってるんだ？』わたし、震えあがって、口ごもりながら言ったの。『バラがはいってるだけよ、ほかには……』夫がかごの覆《おお》いを払いのけると――」

「そしたら、バラだったんですね」とペテロがやさしく言った。

「ええ。奇蹟が起こったの。なぜ主はあんなことをしてくださったんでしょう？　なぜわたしの嘘を見のがしてくださったんでしょう？　なぜ？　ああ、なぜでしょう？」

聖ペテロは彼女を見つめていたが、やがて言った。

「あなたが一生涯忘れることのないようにです。ふたたび驕《おご》ることのないようにです。自分が弱くて、強い人間ではないことをさとるためです」

「わたしも――」ペテロはそこで言葉を切ったが、またつづけた。

「けっして主を否《いな》むことはないと信じきっていたわたしが、ほかの誰にもまして、自分だけは巌《いわお》のような信念を持っていると思っていたわたしが。たった一人、そのわたしが主を否み、あんな偽りの卑怯きわまる言葉を口にしたのです。どうして主はわたしを選んだのでしょう――わたしのような人間を？　主はわたしに教会の礎《いしずえ》をきずかせたのです――なぜでしょう？」

「それは誰にでもわかりますわ」とエリーザベトが言った。「だって、あなたは主を愛してたんですもの。ほかの誰よりもずっと主を愛していたと思いますわ」

「そう、わたしは主を愛していた。主に従った最初の弟子だった。網をつくろっていて、ふと顔をあげると、あの方がわたしを見ていた。そして『我に従い来たれ』とおっしゃった。そこでわたしはついていった。そもそもその最初のときから、わたしはあの方を愛していたのだと思うな」

「あなたはとてもいい人ね、ペテロ」とエリーザベトは言った。

聖ペテロは疑わしげに手にした鍵の束を振った。

「わたしは自分がきずいた教会に自信がないのだよ……最初に考えていたようにはなっていない……」

「ものごとって思いどおりにはならないものですわ。そんなこと、あなただってわかってるでしょう」とエリーザベトはしみじみと言った。「わたし、夫のベッドにハンセン病患者をいれたのを、いまでは悪かったと思っていますわ。そのときは勇気のいる立派な信仰の証《あかし》だという気がしたんです。でも、ほんとは――どうでしょう、あまり思いやりがなかったんじゃないかしら？」

聖アポロニア[7]がふいに立ちどまった。

「すみません。歯を落としたの。あんな小さな象徴《しるし》を持ってるなんて、ほんとに厄介だわ」

アポロニアが声をかけた。「アントニウス[8]、一緒に探してくださいな」

一行はもう〈聖人の国〉に来ていた。いともかぐわしい香りに、聖クリスチナは喜びの声をあげた。聖なる鳥は囀《さえず》り、竪琴は妙なる調べを奏でていた。だが、十四人は先を急ぎ、大審院へと向かった。

大天使ガブリエル[9]が一行を迎えた。

「開廷中です。おはいりなさい」

審議室は広くて天井が高かった。壁は霞と雲とでできていた。

記録天使が黄金の本になにか書いていた。彼はそれを横に押しやると、台帳を開いて言った。「名前と住所を、どうぞ」

一行はそれぞれ名前と住所を告げた。聖ペテロック・オン・ザ・ヒル。スティックル・バックランド。

「陳情の趣旨《しゅし》をどうぞ」と記録天使が言った。

聖ペテロが進みでた。

「わたしたちには安らぎがないのです。地上にもどれるようにお願いいたします」

「天国では不服なのですか?」と記録天使がきいた。その声には軽い皮肉がこめられているようだった。

「不服どころか、けっこうすぎるのです」

記録天使は黄金のかつらをかぶりなおし、黄金の眼鏡をかけると、縁《ふち》越しに非難のまなざしで見た。

「創造主のご決定に異議があるのですか?」

「まさかそんなことを――でも、規則が――」

天国と地上のあいだの仲介者にして調停者である大天使が立ちあがった。

「法の定《さだ》むる要点を述べましょうか?」

記録天使が首を傾けた。

「神の御意《みこころ》により、このように記されています。紀元一千年、およびその後千年ごとに、特別上告大審院に提起されたる問題は、新たなる判決と決定がなされるものとする。本日は二度目の一千年祭に当たります。かつて地上に生をうけた者は、何人によらず、本日は上告する権利をもっています」

記録天使は黄金の大きな本を開いて確かめた。そして、それを閉じながら言った。

「陳情の趣旨を」

聖ペテロが口をひらいた。

「わたしたちは信仰のために死にました。喜んで死にました。そして、酬《むく》いを得ました。身にあまるほどの酬いです。わたしたちは――」彼は口ごもり、燃えるような眼をした美青年のほうを向いた。「きみから説明してくれ」

「まだ不充分だったのです」と青年が言った。

「酬いに不足があったのですか？」と記録天使は憤然《ふんぜん》とした面もちで言った。

「酬いのことではありません。わたしたちの奉仕のことです。信仰のために死に、聖人になる、そんなことでは永遠の生命をうけるに値しません。わたしのことはご存じですね。わたしは裕福でした。律法に従いました。十戒も守りました。それでも充分ではありませんでした。わたしは主のところに参りました。そして言いました。『主よ、永遠の生命をうけるためには、なにをすればいいのですか?』と」

「そこで、なにをすればよいかを教えられ、そのとおりにしたのだったね」と記録天使は言った。

「それだけでは、まだ充分ではありませんでした」

「あなたは教えられた以上のことをした。持っているものをすべて貧しい人々に与えた後、伝道する弟子たちの仲間にはいった。そして、殉教の苦をうけた。ェペソで石に打たれて死んだのだからね」

「それでもまだ充分ではありませんでした」

「それ以上なにをしたいと言うのですか?」

「わたしたちには信仰がありました。なにものをも灼《や》きつくすような信仰です。山をも動かす信仰です。二千年という歳月はもっと多くのことができることを教えてくれました。わたしたちはいつもこれで充分だといえるだけの憐《あわ》れみを持っていたとは言えませんし……」

その言葉は夏の海を渡ってくるそよ風のように彼の口から出た。それは天国のすみずみまで囁《ささや》くがごとく伝わった……

「これがわたしたちのお願いです。助けを求めている人々を助けるために、慈悲と憐れみをもって、わたしたちを地上にもどしてください」

彼を囲んでいる人々のあいだから、同意を示す低い声がおこった。

記録天使は机の上の黄金のインターコムを取りあげた。そして、低い声で話した。

彼はそのままじっと聞いていた……

聞きおわると、彼は言った——きびきびした、しかも、威厳をこめた声で。

「昇進が認められました。いと高きところの方のお許しです」

みんなは晴れやかな顔をして行きかけた。

「出口で冠《かんむり》と光輪を返していってください」

一行は冠と光輪を渡して、大審院を出ていった。聖トマス(10)が引きかえしてきた。

「まことに失礼ですが」と彼は丁重に言った。「いま、なんとおっしゃったのですか――承認《しょうにん》でしたか？　それとも、昇進《しょうしん》でしたか？」

「昇進ですよ。聖人として二千年たちましたので、みなさん、一段上の位に昇るのです」

「ありがとうございます。昇進とおっしゃったと思ったんですがね。確かめておきたかったのですよ」

彼は他の者たちの後を追った。

「あの男はどんなときだって確かめないではいられないのですよ」とガブリエルは言った。「ねえ――ときどきなんだけど――不滅の魂をもつというのはどんな気持ちのものだろうと、どうも考えさせられますな」

記録天使が怯《おび》えた顔をした。

「気をつけてものを言ってくださいよ、ガブリエル。ルシファー(11)がどうなったかご存じでしょう」

「ときどき、ルシファーがちょっと気の毒に思えて仕方がないことがあるんですよ。アダムより下の位にされるなんて、ひどいショックだったんですね。アダムはたいしたものじゃなかったじゃありませんか」

「あわれなものの見本ですね」と記録天使も言った。「しかし、彼と彼の子孫は永遠の魂をもつ神の像《かたち》のように創られたんですからね。天使たちより上の位におかれて当然ですよ」

「わたしはよく考えることがあるんですが、アダムの魂はきっとひどく小さなものだったんですね」

「どんなものにもはじまりというものがありますよ」と記録天使は厳しい調子で言った。

ミセス・バドストックは持ちあげたり引っぱったりしていた。村のごみ捨て場の臭いはひどいものだった。古タイヤ、ひしゃげた椅子、ぼろぼろのキルト、錆びた石油缶、こわれた寝台など、見るも無残ながらくたの山だった。人が欲しがりそうなものはなに一つなかった。だが、ミセス・バドストックはなにかないかと思って大いに奮闘していた。あの乳母車はなんとかならないかしら――もいちど引っぱってみると、がらくたの山から出てきた……

「なんてこった！」とミセス・バドストックは言った。乳母車の上の部分はそれほどいたんでいなかったが、車輪がついていなかった。

　彼女は腹だたしそうに投げだした。

「なにかお手伝いしましょうか？」暗がりのなかから女が声をかけた。

「だめなんですよ。車輪がないんだから」

「車輪がいるんですか？　わたし、一つ持ってるんですけど」

「ありがとう。でも、四ついるんですよ。それに、なんてったって、あなたのは大きすぎますよ」

「ですから、これを四つにできるんじゃないかと思うんですよ――ちょっと手をくわえれば」女は指先で押したり引いたりしていた。

「ほら！　これでどう？」

「まあ、たまげた！　いったいどうやって――これで釘が、二本――それとも、ネジでもあれば。うちの人を呼んできますわ」

「わたしでなんとかできそうですよ」女は乳母車の上にかがみこんだ。ミセス・バドストックはどんなことが起こるか見ようとのぞきこんでいた。

とつぜん、女がからだを起こした。乳母車にはちゃんと車輪が四ついていた。

「ちょっと油をささなくては、それに、新しく内張りもね」

「そんなことなら、わたしにだってわけなくできますよ！　これでずいぶん助かりますわ。あなたはちょっとした修理屋さんね。いったい、どうしてこんなことができたの？」

「ほんとは自分でもわからないんですよ」と聖カタリナが曖昧《あいまい》に言った。「ただ――そうなるんです」

ブロケードのドレスを着た背の高い婦人が、抗《あらが》いがたい口調で言った。

「その子たちを家に連れていらっしゃい。部屋ならいくらでもあります」

男と女は疑わしそうに婦人を見た。六人の子供たちも同じように疑わしそうに見た。

「区議会がどこかに住むところを探してくれてるところだよ」と男がむっつりした調子で言った。

「でも、区議会じゃわたしたちを別々に暮らさせるつもりなんですよ」と女が言った。

「それはいやなのですね？」

「あたりまえですよ」

子供たちのうち三人が泣きだした。

「ぎゃあぎゃあ泣くな」と男は言ったが、本気で怒っているのではなかった。

「奴ら、ずっと前から言ってたんですよ、おれたちを立ち退かせるって。そして、とうとうおいでなすったってわけでさ。顔を見りゃ家賃のことで文句ばかり言いやがって。金がありゃ、家賃を払うよりもっとましな使い道がありまさあ。なにしろ区議会がきめたとなりゃどうしようもねえんだから」

男はいい人間とは言えなかった。女房のほうも似たようなものだ、と聖バルバラは思った。だが、この夫婦は子供たちを愛している。(12)

「みんなわたしの家にいらっしゃい」と聖バルバラは言った。

「家って、どこです？」

「あそこですよ」聖バルバラは指さした。

みんな振りかえって見た。

「でも――あれはお城じゃありませんか」と女は畏怖《いふ》にうたれた声で叫んだ。

「ええ、確かにお城ですよ。だから、部屋ならいくらでもあるのです……」


聖スコイティン(13)が心をきめかねた様子で海辺に立っていた。持っている鮭をどうしていいか迷っていたのである。

もちろん、燻製《くんせい》にすることもできる――そうすればずっと長もちするだろう。問題は燻製の鮭を好んで食べるのは、実際は金持ちだけで、しかも、金持ちはすでに満ち足りているという点にあった。貧しい人々は缶詰めの鮭のほうがずっと好きなのだ。おそらく――

手のなかで鮭が動いたので、聖スコイティンは飛びあがった。

「ご主人さま」と鮭が言った。

聖スコイティンは鮭を見た。

「わたしが海を見るのは、かれこれ四年ぶりのことなんですよ」と鮭は訴えるように言った。

聖スコイティンは鮭にやさしくほほえみかけた。そして、浅いところまで歩いていって、そっと鮭を海にはなしてやった。

「気をつけていくんだよ」

浜辺にもどったとたん、彼は紫色の花がてっぺんに突きさしてある鮭の缶詰めの大きな山にぶつかったのだった。


聖クリスチナは都会の街の人混みのなかを歩いていた。車が唸《うな》りをあげてそばを通りすぎていく。大気はディーゼルの匂いでいっぱいだった。

「こりゃひどい」と聖クリスチナは鼻をつまみながら言った。「なんとかしなければいけないわ。それに、どうしてみんなはもっとせっせとごみ箱を掃除しないんでしょう？　衛生上よくないわ」彼女は考えこんだ。「これはわたしが代議士になるのが一番かもしれない……」


聖ペテロは忙しそうにパンと魚を露店に並べていた。

「老齢年金をうけている人が先ですよ」と彼は言った。「さあどうぞ、おじいさん」

「あんたは国の福祉委員かね？」と老人は怪訝そうにたずねた。

「まあそんなもんだよ」

「宗教には関係ないんだろうね？　わしは讃美歌なんか歌うつもりはないからね」

「食べ物がすっかりなくなったら、説教をします」とペテロは言った。「でも、わざわざ残って聞かなくてもいいんですよ」

「無理じいしないところがいいね。どんなことを話すのかね？」

「ごく簡単なことです。ただ、どうすれば永遠の生命を得ることができるか、ということです」

一人の若い男が大声をあげて笑った。

「永遠の生命か！　たいした望みだ！」

「そうですよ」とペテロは焼きたての魚の袋を取りだしながら、陽気に言った。

「それは望みです。そのことを忘れてはいけません。いつでも望みはあるのです」

聖ペテロック・オン・ザ・ヒルの教会では、牧師が悲しげに会衆用の座席に腰をおろし、自信満々たる若い建築家が、古い衝立《ついたて》ての絵を調べているのを見ていた。

「お気の毒です、牧師さん」と若い男はきびきびした態度で振りかえって言った。「まったく望みなしですね。いや、また失礼なことを。いまのような言い方をするべきではありませんでした。ですが、ずっと前に修復してなくちゃね。こうなってはもう手のほどこしようがありませんよ。木は腐っているし、絵の具のあとも残っていません――これじゃもとの絵がどんなものだったかもわからないほどです。なんの絵ですか？　十五世紀のものですか？」

「十四世紀後期です」

「あの人たちはなんです？　聖人ですか？」

「さよう。両面に七人ずつ」牧師は名前を言った。「聖ラウレンティウス、聖トマス、聖アンドレ、聖アントニウス、聖ペテロ、聖スコイティン、もう一人はわかりません。反対側は、聖バルバラ、聖カタリナ、聖アポロニア、ハンガリーの聖エリーザベト、驚きの聖クリスチナ、聖マルガレーテ、聖マルタ」

「よくおぼえているんですね」

「教会の記録があったんですよ。保存状態はよくありませんでしたがね。なかには、その方々の象徴で見分けなくてはならないのもありました――たとえば、聖バルバラの城とか、聖ラウレンティウスの焼き網とか。原画はフロイル大修道院にいたベネディクト派修道会のバーナード修道士の手で描かれたものです」

「わたしの鑑定がこんなことになって、お気の毒です。でも、万物すべて、いつかは消えていかなくてはならないのです。金持ちの教区民の方が、近代の象徴的な人物を描いた新しい衝立てを献納するそうですね？」

「はい」と牧師は気のない口調で言った。

「ニュー・ハダーズフィールドの大きな新しい大聖堂センターをごらんになりましたか？　コヴェントリーも当時としては立派なものでしたが、こっちのほうがはるかに立派です。もちろん、慣れるまでには多少日時がかかるでしょうがね」

「きっとそうでしょうな」

「しかし、評判は完全にそっちへ集まっていますよ。現代的ですからね。この昔の聖人たちは」彼は衝立てのほうへ手を振ってみせた。「このごろの人たちで、あの聖人の半分も知っているものはいないでしょう。わたしも知りませんね。驚きの聖クリスチナって、どんな人なのですか？」

「非常におもしろい方でしてね。匂いに対してきわめて敏感だったのです。自分の葬式のとき、体が腐敗していく匂いに我慢できなくなって、棺《ひつぎ》から出て教会の屋根まで浮きあがったのですよ」

「ほう！　たいした聖人ですね。まあ、世の中にはいろんな人もいなくちゃ。あの昔の聖人たちも、いま生きていれば、まるで違った人になっているのではありませんかね……」

（1）カトリック教会において困窮に際し、特にとりなしの功徳をもつといわれる十四人の聖人（救難聖人）。十五世紀の中頃、ドイツ地方で特に崇拝されたが、十四人を構成する聖人は必ずしも同一ではなく、時代、地方によって異同があるようである。

（2）聖カタリナ（生没年月不明）アレクサンドリアのカタリナ。高貴の生まれで、博識、美貌、十八歳のとき五十人の学者を向こうにまわし、彼らの論拠を論破した。彼女に答えることができなかったがために、彼らは火刑に処せられた。信仰を棄て、皇帝と結婚することを拒否し、ために投獄された。釘を打った車輪によって八つ裂きにされかけたが、車輪はこなごなにこわれ、彼女は無事であった。ついには斬首され、殉教の死をとげた。この車輪がシンボルで、若い女性、車大工、弁護士、粉屋などの守護聖者。ただ、初期の殉教者記録にはその名は見当たらず、彼女の存在を示す確たる証拠もない。おそらく、ギリシャの作家の教訓的な創作だと思われる。

（3）聖ラウレンティウス（二五八年ローマにて没）教皇シクストゥス二世時代の七執事の一人。ローマ市の長官から教会の宝物を引き渡すよう要求されたとき、貧しい人や病人を集めて「この人たちが教会の宝です」と言って差しだした。これによって、焼き網の上で焙られて殺された。シンボルは焼き網。

（4）聖クリスチナ（一一五〇―一二二四）ベルギーのサン・トロンに生まれ、肉体の衰弱をかえりみず信仰を深めるが、二十二歳のときに激しい発作に襲われる。人々は彼女が死んだと思いこみ、棺におさめたが、クリスチナはミサの最後で棺から飛び出すと、そのまま跳び上がって教会の梁に留まった。その際「人間の罪の悪臭には耐えられない」と叫んだと伝えられる。七十四歳で没するまで、周囲を震撼させるような数々の驚くべき行動をとり、「驚きの聖クリスチナ」と呼ばれる。

（5）聖エリーザベト（一二〇七―三一）ドイツの聖女。ハンガリー王アンドレアス二世の娘として生まれ、十四歳でルドウィヒ伯と結婚。マールブルグのコンラッド師を聴罪師とし、清貧、慈善をもって宮廷の華美を避け、大飢饉にあたっては難民救済に活躍、病院をたて、特に小児救済にあたった。一二二七年、夫が十字軍遠征途次に死んでからは、厳しい自己滅却の生活をした。死後、墓上に聖エリーザベト教会が建立された。ドイツ人に最も愛されている聖人の一人である。

（6）聖ペテロ。イエス・キリストの十二使徒の一人。エルサレム教会の中心人物。ローマ教会の設立者。後にネロの迫害をうけ殉教の死をとげた。キリストから最も信頼をうけていたが、十字架につけられる直前、主を否んだことは新約聖書に詳らかである。

(7) 聖アポロニア(二四九年アレクサンドリアにて没)女執事。キリスト教徒に対するアレクサンドリア人の暴動によって殺される。その際、歯を抜かれ、信仰を棄てなければ火刑に処すと脅された。彼女は短い祈りを唱え、自ら火のなかにはいって死んだ。この拷問の事実によって、歯痛止め、歯医者の守護神とされた。シンボルは義歯。

(8) 聖アントニウス(一一九五―一二三一)パドヴァの守護聖人。ポルトガルに生まれ、後にフランチェスコ会に入り聖フランチェスコの弟子となる。海辺で魚に説教したという伝説で名高く、なくしもの探しの聖人としても知られている。

(9) ガブリエル。啓示の天使。旧約聖書ダニエル書第八章一六―二七。第九章二一―二七。新約聖書ルカ伝第一章一九、二六。

(10) 聖トマス。キリストの十二使徒の一人。疑い深いので、キリストの復活を疑い、キリストの傷痕に触らなければ信じないと言った。新約聖書ヨハネ伝第二〇章二四―二九。

（11）ルシファー。天から堕ろされた傲慢なる天使とされている。旧約聖書イザヤ書第一四章一二。新約聖書ユダの手紙六。新約聖書ペテロの第二の手紙二章四。

（12）聖バルバラ。伝説によればニコメディアの一異教徒の娘でキリスト教に改宗したため、父の命令により役人の手で殺された。その際、父はたちまち雷電にうたれて灰と化した。この伝説が最初に現われたのは七世紀になってからであり、信仰あつき話として書かれたものらしく、聖バルバラの存在を証拠だてるものはなに一つない。しかし、九世紀頃からこの聖女崇拝は各地にひろがった。彼女の殉死に際し雷電が起こったことにより、砲手、鉱夫などの守護聖人となった。シンボルは塔。

（13）聖スコイティン。十――十一世紀のアイルランドの伝説に登場する聖人。海の上を歩いていたスコイティンに、船に乗ったコークのバーラが「海の上を歩くのはいかなる感じか」とたずねると、スコイティンは「これは海などではない、花の咲き乱れる野原なのだ」と答えた。そして「野原を船でゆくのはいかなる感じか」と言いながら、深紅の花を一輪、船上のバーラに投げた。

バーラは、お返しに海のなかから鮭を一匹捕まえ、それをスコイティンに投げ返したという。

神の聖者

聖ラウレンティウスは焼き網を
聖カタリナは大きな車輪《くるま》を
聖マルガリータは龍を
聖ウィルフレッドは封印を

神の聖者が行進してくる
丘をおりて行進してくる
神の聖者が行進してくる
神の御意《みこころ》を確かめんとして

「おお、われらは栄光のうちに座し
殉教者の冠をいただいた
されど、われらは願う
天国より降り行かんことを

憐《あわ》れみと慈《いつく》しみもて
われらを人間のもとにかえし
ふたたび天国へと導く道を
彼らに示させたまえ……」

島

その島には木らしい木といっては一本もなかった。土地は乾ききり、岩だらけの島で、山羊に食べられそうなものさえほとんどなかった。海からの風に風化されて岩の形は美しく、光の変化にともなってその色が変わり、バラ色からアンズ色に、それから淡いグレーに、そしてしだいに濃くなってアジ色から厳しい紫色になり、太陽が海を暗赤色《ワイン・ダーク》に染めて沈むときには、燃えつきる火のような強いオレンジ色に変わるのだった。朝早くには、空は眼にしみるような浅葱《あさぎ》色で、いかにも高く、いかにもはるかなので、見あげると畏怖《いふ》の念でいっぱいになるほどだった。

だが、島の女たちは、嵐の前触れでもないかと不安そうに見つめるときのほかは、めったに空を見あげることはなかった。彼女たちは女であり、働かねばならなかったのだ。食べ物がとぼしかったので、自分たちや子供たちが生きるためには、額に汗し、休みなく働いた。男たちは日毎《ひごと》舟で漁に出た。子供たちは山羊の番をし、陽をあびながら、小石を使って自分たちで考えたゲームをして遊んだ。

この日、女たちは真水を入れた大きな壺を頭にのせ、崖の裂け目の泉から上の村まで喘ぎ喘ぎ坂を登っていた。

マリアはまだ元気ではあったが、ほかの女たちほど若くはなかったので、みんなについていくのはひと苦労であった。

今日の女たちはとても陽気だった。二、三日のうちに婚礼があることになっていたからだった。女の子たちが母親たちのまわりを踊りながら、単調な歌を繰りかえし歌った。

「婚礼にいくの……婚礼にいくの……髪にリボンをつけて……バラの花のゼリーを食べるの……スプーンでバラの花のゼリーを……」

母親たちは笑った。一人の子の母親がからかって言った。「おまえを婚礼に連れていくって、どうしてわかってるの？」

あわててその子は眼をまるくした。

「連れてってくれるわね——でしょう——でしょう……」それから、マリアにしがみついてせがんだ。「母さんは婚礼に連れてってくれるわね？　くれると言ってよ！」

マリアはほほえんでやさしく言った。「連れてってくれますとも」

女たちはみんな陽気に笑った。この日は婚礼のことでみんな楽しく心がはずんでいたからだった。

「婚礼にいったことある、マリア？」とその子がきいた。

「マリアは自分の婚礼にいったんだよ」と女たちの一人が笑って言った。

「自分の婚礼のことじゃないのよ。婚礼のお祝いのことよ。踊りや、おいしいものや、バラの花のゼリーや、蜂蜜があるのは？」

「ええ、いろんな婚礼に出たことがありますよ」それからマリアはほほえみながら言った。「あるときの婚礼をおぼえています——とってもはっきりと……ずっと昔のことだけど」

「バラのジャムがあった？」

「そうね――あったと思いますよ。それに、ワインもあって……」

昔を偲《しの》んでいるのか、マリアの声が細く消えていった。

「そして、ワインがなくなると、みんな水を飲まなきゃならないんだよ」と女の一人が言った。「いつだってそうなんだから！」

「その婚礼では水なんか飲みませんでしたよ！」

マリアの声は強く誇らしげだった。

ほかの女たちはいっせいにマリアを見た。みんなは、マリアが息子と一緒にずっと遠くの土地から来たことや、昔のことはあまり話さないことや、それにはそれなりの理由があることは知っていた。そして、なにもたずねないように気をつけてはいたが、当然のことながら、いろいろな噂は流れていた。ところがこのとき、とつぜん、年かさの子供の一人が大声で聞きかじりの話をもちだした。

「みんな言ってるよ、おばさんにはとても悪いことをして、死刑になった息子がいたんだって。それ、ほんとう？」

女たちは子供の口をおさえようとしたが、マリアは眼をじっと前方にすえたまま言った。

「ちゃんと知っているはずの人たちが、息子を罪人だと言ったのです」

「でも、おばさんはそう思わなかったんだね？」さっきの子供がなおもたずねた。

マリアはちょっと考えてから言った。

「わたしにもなにが正しくてなにが間違っているかわからないのです。無学ですからね。でも、あの子は人々を愛しました――善い人も悪い人も同じように……」

もう村まで来ていたので、めいめいの家へと別れていった。いちばん遠いのはマリアで、まばらに散在する家々のはずれの石囲いの家まで帰らねばならなかった。

「息子さんはどうですか？　お元気でしょうね？」女の一人が丁寧《ていねい》にたずねた。

「元気ですよ、ありがたいことに」

いままでの話の埋め合わせをするように、その女はやさしく言った。

「いまの息子さんのことは、さぞご自慢でしょうね。聖人なんですってね、みんな知っていますよ。まぼろしを見たり、神さまと一緒に歩いたりなさるんですって？」

よ」

「いい息子ですよ」とマリアは言った。「それに、おっしゃるとおり、聖人です

マリアがみんなと別れて自分の家のほうへ行ってしまうと、女たちはしばらくその後ろ姿を見送っていた。

「いい人ね」

「そうよ。あの人のせいじゃないよ、きっと。もう一人の息子さんがあんなことになったのは」

「世間にはよくあることとよ。なぜだかわからないけど。でも、いまの息子さんには恵まれてるわね。神がかりになって、大声で予言をすることがあるのよ。足が地面から浮きあがることもあるんだってさ――それから、しばらくは死んだみたいになって倒れているんだって」

みんなはうなずきあい、自分たちの村にそんな聖人がいることを驚いたり喜んだりした。

マリアは石造りの小さな家に着くと、水のはいった壺をおろした。彼女は粗末なテーブルに向かっている男のほうへ眼をやった。男の前には羊皮紙の巻物がひ

ろげられ、彼はかぶさるようにして、ペンを走らせ、ときどき手をやすめ、眼をなかば閉じ、熱に浮かされたように、ぼんやりとしていた……

マリアは邪魔をしないように気をつけ、昼食の支度に忙しく立ち働いた。男はもう若くはなかったが、非常な美貌の持ち主だった。端麗《たんれい》な顔だちと、肉体の生活と同じように、現実に霊的な生活をしている人間のもつ、はるか遠くを見るような眼をしていた。そのうちにペンを持つ手がだらりと垂れ、恍惚状態に陥ったようになり、動きもしなければ口もきかず、呼吸さえしていないように思えた。

マリアがテーブルに昼食の料理を並べた。

「食事ができましたよ」

ずっと遠いところからくるかすかな音をでも聞くように、彼はいらだたしげに首をふった。

「御姿《みすがた》が……すぐそこに……」彼はつぶやいた。「すぐそこに……いつ――おお、いつ――」

「さあ、おあがり」

彼は手をふって昼食をことわった。

「ほかの飢えが、渇きがある！　霊の糧《かて》が……義の渇きが……」

「でも、食べなきゃいけませんよ。わたしを喜ばせるために。あなたのお母さんを喜ばせるために」

彼女はやさしく宥《なだ》めたり叱ったりした——それで、やっと彼は昂揚した精神を鎮めると、人間らしい、なかばからかうような表情で彼女にほほえみかけた。

「では、お母さんを満足させるために食べなければならないんですか？」

「そうよ。食べてくれなければ、悲しくなりますもの」

そこで、彼は彼女を喜ばせるために食べたが、なにを食べているか、ろくに気づいてもいなかった。

食べおわると、彼はふと思いついたようにたずねた。

「あなたのほうはどうですか、お母さん？　足りないものはないでしょうね？」

「ええ、なんでもありますよ」

彼は満足してうなずくと、ふたたびペンを取りあげた。

マリアは後片づけをすませると、外に出て海を見わたした。

両手を握りあわせ、首を垂れ、そっとつぶやいた。

「できることはみんなしたかしら？　わたしはなにも知らない女だから。はっきりと神さまの使徒だときまっている人には、どうお仕えしていいものか、いつもわからない。下着を洗ってあげたり、食事をつくってあげたり、水を運んできてあげたり、足を洗ってあげたりはしてきた。でも、そのほかになにをしてあげたらいいのかしら？」

そんなふうにして立っているうちに、マリアの不安は消えていった。やつれた顔に安らぎがもどってきた。

目の下の海辺では、石造りのささやかな波止場に、一隻《いっせき》の船がはいってきた。普通の漁船ではなく、舷《ふなばた》は高くて、豪華な彫刻をほどこし、大きな、曲線を描いた舳《へさき》をもった船であった。その船から二人の男がおりると、網をつくろっていた老人たちが近寄って声をかけた。

二人の男は丁重に用件を述べた。

「このあたりの島のなかで、天の女王がお住まいになっていると噂のある島を探しているのです」

老漁夫たちは首をふった。

「あんた方が探しているのは、ここじゃありませんよ。言われるような神殿なんかありゃしませんからね」

「女の人たちなら、そんな神殿のことを知っているのではありませんかな？」と一方の男が言った。「女というものは、そういうことを知っていても黙っていることがよくありますからね」

「よかったら、きいてごらん。誰かが上の村までご案内しましょう」

二人は案内の男と一緒に登っていった。軒並みの家から女たちがどっと出てきた。彼女らは興奮し好奇心でいっぱいになっていたが、みんな首をふるだけだった。

「神殿をもってる女神さまなんかいるもんかね。こんな島にさ！　泉のそばだろうとどこだろうと」

女たちはほかの島にあるという、ほかの神殿のことを教えたが、どれも二人が探しているものではなかった。

「でも、ここには聖人がいるんですよ」と女の一人が誇らしげに言った。「骨と皮ばかりで、年とった母親がほおっておけば、いつまででも断食してるんですよ」

しかし、どれほど高潔であろうと、二人が探しているのは聖人ではなかった。

「まあ、きくだけでもきいてごらんなさいよ」と女の一人が言った。「もしかしたら、あの人ならあんた方が探しているものを知ってるかもしれないよ」

そこで、一同は聖人の家に行った。しかし、彼は幻想のなかに没入していて、しばらくは二人が言っていることなど耳にもはいらない様子であった。

やがて、彼は憤然として言った。

「異教の女神を求めて惑《まど》わされてはならぬ。バビロンの緋色の淫婦、フェニキヤの忌わしき女たちに惑わされてはならぬ。救い主はただ一人、この世なる神の子である」

これを聞いて、二人の男は立ち去ったが、マリアはひそかに彼らの後を追った。

「気をわるくしないでください」とマリアは言った。「息子は本気であんな失礼なことを言ったんじゃないんです。ただ、純真で清浄なあまり、この世よりずっと高いところに住んでいるのです。いい人間ですし、わたしにはいい息子なのです」

男たちはやさしく言った。

「気をわるくなどしてやしませんよ。あなたはいい方だし、いい息子さんをお持ちですね」

「わたしはなんの取得《とりえ》もない女です。でも、申しあげておかねばなりませんが、アフロディテとかアスタルテとか、そんな異教の神を信じてはいけません。神はただお一人、天にましますわれらが父だけです」

「あなたはご自分のことをなんの取得もない女だと言いましたね」と年かさのほうの男が言った。「でも、あなたの顔は老い、悲しみの皺が刻まれてはいますが、わたしにはとても美しい顔に思えるのです――それと言いますのも、わたしは若いころ、偉い彫刻家の弟子だったことがありますので、美というものがわかるのです」

マリアは驚いて叫んだ。「昔、神殿で色はなやかなつづれ織を織っていたころとか、仕事場で夫にワインをついでやったりしたころとか、初子《ういご》を抱いたりしたころなら。でも、いまは！」

しかし、老彫刻家は首をふって、なおも言った。

「美とは皮膚の下にあるものです。骨のなかに。さよう、そして、さらにその奥の——心のなかに。だから、あなたが美しいと言ったのです。いや、たぶん、若いころよりもっと美しいでしょう。さようなら——あなたに祝福がありますように」

こうして、男たちは船で沖に出ていき、マリアはゆっくりした足どりで、息子のいるわが家へ帰った。

見知らぬ男たちの来訪で、彼はいらいらしていた。苦しそうに両手で頭をかかえ、家のなかを行ったり来たりしていた。

マリアは駆けよって抱きしめた。

「どうしたの？」

彼は呻くように言った。「霊がわたしから出ていったのです……わたしは抜け殻《がら》になってしまった……空っぽだ……神に見放されたのだ——神のみ前にいる喜びから……」

マリアは息子を慰《なぐさ》めた——いままで何度となく慰めてきたように。「ときには、かならずこんなことが起こるものです——なぜだか誰にもわかりませんけどね。海の波みたいなものですよ。波は岸からひいていきます、でも、また寄せてきます、ね、また寄せてくるものですよ」

しかし、息子は大声で言った。

「あなたは知らないのです。わかるはずがありません……霊に満たされ、神の大いなる栄光とともに高められることがどんなものなのか、あなたは知らないのです！」

マリアは謙虚に言った。

「そりゃそうね。そんなことは、感じたことがないんだから。わたしには憶《おも》い出があるだけ……」

「憶い出では充分ではありません！」

だが、マリアは激しい調子で言った。「わたしにとっては充分ですよ！」

そして、マリアは戸口へ行き、立ったまま、見知らぬ人たちが去っていった海のほうを見ていた……

そうしているうちに、マリアはなにかが起こりそうな、不思議な感じが身内にわいてきた。胸がわくわくするような、希望にあふれた喜びだった。思わずマリアはまた海辺におりようとしたが、すぐにも息子の世話をしてやらなくてはならないのがわかっていたので思いとどまった。そして、思ったとおりだった。息子はからだじゅうを震わせはじめ、痙攣《けいれん》をおこし、ついには手足をこわばらせて床に倒れ、そのまま死んだように横たわった。マリアはからだが冷えないように外套《がいとう》をかけ、こんどまた痙攣がおこったときの用心に、外套の端を折って口にくわえさせた。だが、彼はじっと倒れたままで、息をしている気配すらなかった。

マリアは経験から、息子が何時間もそのままでいることを知っていたので、また外に出て丘の中腹へ歩いていった。もう暗くなりかけていて、海の向こうに月がのぼっていた。

マリアは夕べの快い涼しさを満ちたりた気分で味わっていた。心は昔の憶い出でいっぱいだった。あわただしくエジプトへ逃れたときのこと、大工の仕事場のこと、カナの婚礼(1)のこと……

するとまた、喜ばしい期待が身内にあふれてきた。

「たぶん」とマリアは思った。「とうとうあの時がきたのだわ」

やがて、マリアはそろそろと海のほうへおりていった……

月は空高くのぼり、月光が海面に一条の銀色の道をつくっていた。そして、光がいちだんと明るさを増すと、一隻の舟が近づいてくるのが見えた。

彼女は思った。「さっきの人たちが、また引きかえしてきたんだわ……」

しかし、そうではなかった……それがあの見知らぬ人たちの、美しい彫刻をほどこした船ではないことが、マリアの眼にもはっきりわかった。粗末な漁舟で——これまでずっと見なれてきた形の舟であった……

そして、彼女にはすぐわかった——はっきりと……それはあの子の舟で、やっと迎えにきてくれたのだ……

マリアは駆けだした。浜辺のごろごろした石に滑ったりつまずいたりしながら走った。そして、すすり泣き、喘《あえ》ぎながら波打ち際まで行くと、三人いる男のうちの一人が舟を出て海の上におり、月の光がつくった道を彼女のほうへ歩いてくるのが見えた。

だんだん近づいてくる……なおも——なおも……マリアは彼の腕にしっかと抱きしめられていた……言葉がマリアの口をついてでた、話したいことがあまりにも多く言葉ばかり先だって支離滅裂だった。

「あなたに言われたとおりにしましたよ——ヨハネの世話をして——わたしにとっては息子と同じに。わたしは賢くはないし——あの子の高い思想や、人には見えない幻像《まぼろし》など、いつもわかるわけではなかったけど、おいしいものをつくってあげたり、足を洗ってあげたり、面倒を見たり、それに心をこめて愛しました……わたしはあの子の母だったし、あの子はわたしの息子だったんでしょう……？」

マリアは心配そうに彼の顔をのぞきこんできいた。

「あなたはわたしの頼んだことは、なんの手落ちもなくしてくださいましたよ」と彼はやさしく言った。「さあ——一緒に家に帰るんですよ」

「だって、あの舟までどうして行けばいいの？」

「海の上を一緒に歩いていくのですよ」

マリアは海のほうをすかして見た。

「あの人たちは——そうだわ、あれは——シモンにアンデレじゃないの？」

「そうですよ。一緒に来るといってきかないものですから」

「幸せだわ——ああ、これからはどんなに幸せに暮らせるでしょう」マリアは言った。「おぼえている、カナの婚礼の日のことを……?」

こうして、一緒に海の上を歩きながら、マリアはこれまでに起こったちょっとした出来事をすっかり話し、ちょうどその日、二人の見知らぬ男が〝天国の女王〟を探しにきたことまで話した。そして、それがどんなに馬鹿げたことかということを!

「その人たちはほんとは間違っていなかったのです」と息子は言った。「天国の女王はこの島にいたのですよ、でも、目の前に見ながら、その人たちにはわからなかったのです……」

そして、彼は年老い、やつれた母の美しい顔をのぞきこみながら、また静かな声でやさしく言った。

「ええ、目の前に見ながら、その人たちにはわからなかったのです!」

翌朝、ヨハネは目をさまして起きあがった。

主の日であった。そして、すぐヨハネにはこの日が生涯でも特筆すべき日になることがわかった。
聖霊が奔流のごとく彼を満たした……
彼はペンをとって書いた。

我また新しき天と新しき地とを見たり……しこうして、わが後ろにラッパのごとき大いなる声を聞けり……そは――

我はアルパなりオメガなり、始《はじめ》なり終《おわり》なり(2)……活《い》けるものなり、我かつて死にたりしが、視《み》よ、世々限りなく生く、アーメン、また死と陰府《よみ》との鍵を有《も》てり(3)……視よ、我、報《むくい》をもて速やかに到らん、各人《おのおの》の行為《おこない》に随《したが》いてこれを与うべし(4)……

(1) 新約聖書ヨハネ伝第二章一―一一
(2) 新約聖書ヨハネ黙示録第二一章六
(3) 新約聖書ヨハネ黙示録第一章一八
(4) 新約聖書ヨハネ黙示録第二二章一二

解説

児童文学評論家
赤木かん子

さて、今これをお読みになっていらっしゃるあなたは本文をもうお読みになったかたでしょうか？

それとも解説を最初に読んで、それから買おうかどうしようか考える……たちのかたでしょうか……。

結論からいってしまうと、これは極上品です。ようするに短篇としてのできがいいの。もうこの本の背中にも表紙にも〝クリスティー〟って書いてあるから、だれが書いたかはもうわかっちゃってるけどさ、このなかの、たとえば「水上バス」なんて、もし本好き仲間のあいだで著者名かくして作者あてクイズ……なーんてやったら、えっ、うそ〜、これだれだだれだ？　って騒ぎになって（というのはうまいから）……絶対あたらないと思うよ。

なぜかっていうと基本的にミステリ作家って、文学上高水準だと思われてないから。

そのうえクリスティーって〝ミステリの女王〟なんだけど、クリスティーといえばトリック！　トリックの名手だと思われてるから――。

あのアイザック・アシモフに
〝事実上、すべてのトリックはクリスティーに使われてしまった……〟と冗談をいわせるほど、確かにクリスティーはトリックがうまいんだけど、でもそのトリックを支えていたのはそのトリックをさりげなくみんなのなかにまぎれこませて気がつかれないようにしてたのは……文体、と構成……だったんだよね。

でもあまりにも文章うまいから……うますぎるから、うまいってことに気がつかれないの。

クリスティーは、どうだ、うまいだろう！　っていう、見せびらかしをしないから。

まあ初めの頃の二、三冊はそうでもないけど、『パーカー・パイン登場』あたりまでくると、もう、うまくなってる……。

ミステリらしいミステリ……たとえば書斎でそれも血がたっぷり……なんてのも楽しいですけど、ミステリの好きな人って、なんでもいいからある謎があって、その謎が解きあかされていく過程にゾクゾクする人たちでしょう。人間って、奇術もそうだし雑学もそうだけど、あっ、と驚くのが快感で好きなのよね。そうしたら人間の心理……なんてのはそれこそ謎の宝庫です。だって人間というのは〝動機〟がなければ動かない生きものなんだから、なんでそれをしたのか……そのものが、謎……なんですから——。

クリスティーはこれを扱うのが本当に上手だった。複雑怪奇な心理的な事件とみせかけて〝みなさん、動機は金、これですよ。複雑にみせかけて、実は単純だったんです〟というパターンの話もうまかったし、表面何も起こらないのに一人の人間の心の中だけが激的に変化していく……というのもうまかった。

その代表選手の長篇が『春にして君を離れ』で、短篇の代表がこの『ベツレヘムの星』だと私は思うんだ。

〝春にして〟のほうは事件は現実には何も起こらない……。砂漠のまんなかで列車が止まり、イギリス人の中年女性が足止めをくう……それだけの話です。でも何もすることがないあまりの退屈さに彼女は考えごとを始め、自分は良妻賢母とうぬぼれてきたけど、最終的には夫を不幸にし、娘を不幸にしたのは自分だったんだ、という衝撃的な結論に、真実に、到達するのです。

〝お母さまって、本当に何もわかってらっしゃらないのね〟という娘の皮肉な口ぐせの意味がようやくわかった……。

しかも、もうすべて、取り返しがつかない……。

過去は変えられないのだから。

考えかたによっては、これ以上恐ろしいホラーってないでしょう。

これは女性なら一度は読んどいたほうがいい一冊ですよ。

〝ベツレヘム〟のほうはタイトルからもおわかりになると思いますが、みんなクリスマス、の話です。

イギリスやアメリカではクリスマスに劇をしたり朗読をする、もしくは本を贈りあう、というのがあるので、毎年短篇を書く羽目になる作家もいるようで（Y・A作家のキャサリン・パターソンは牧師の奥さんなので、毎年クリスマスには自分の教会で自作を朗読しなくてはならず、十月頃から大変なのよ、考えるのが……とおっしゃってました。でもその結果、十年もたつと、短篇集が一冊できあがる、というわけです）クリスティーもどこかで朗読していた、という話はききませんが、どの話も全部クリスマス、アンド、キリスト……です。

それもみんな大人用で、かなり辛口、しんらつ。

さっきちょっと触れた「水上バス」は、人を愛さなきゃいけないことはわかってる……でも愛するように自分の心が働いてくれない、ことに引っかかってる初老の女性の、たった一日の物語です。でもその一日で……長い不思議な上着を着た謎の人のおかげで、彼女の心のありかたは変わる……。

ラストのオチの一行が効いてます。

もっと凄いのは……。

相手は無知な女だと甘く見てかかった悪魔が、コトバではなく、私の息子の顔に浮かんでいるのは邪悪さではなく悲しみだ……と判断して引っかからなかったキリストの母親に敗退する物語ですが、コトバをあやつる名手だったクリスティーは、また、コトバの持っている危うさ、からっぽさもよく心得ていたんでしょう。

ただし、そのぶんやっぱり難しい……。

ミステリ仕立てにはなってないこの『ベツレヘムの星』は一番難しい本だと思いますが、ミステリの形にしてあっても、たとえば『ホロー荘の殺人』あたりまでくるともう半分純文学のほうに片足突っこんでいるので（そっちの方から見ればやさしい話ですが）動機、を理解するのは難しい……。

だから、もしあなたの友人で、本が好きでよくわかる（この二つはセットじゃありませんからね。好きなのと、わかるのは別の話です。骨董が好きだからといって、めききだとは限らないのと一緒です）凄いわ〜、これ……といってくれる人がいたら、こういう本はプレゼントすると喜ばれると思います。

なかなかに……見つけにくい一冊ですから。

クリスティーが存命中は〝クリスマスにはクリスティー〟がキャッチフレーズでした。クリスマスには毎年、新刊が……それも年をとっても衰えることのない、ますますみがきのかかった一冊が……読者に贈られていたのです。

でも、もう亡くなってしまった今でも、クリスマスにクリスティーを贈ってもいいでしょう？

相手の好みを知っている、気心のしれた友人や家族のあいだで……本当に心から喜んで楽しんでもらえる一冊を――。

最初がハードカバーで出て、文庫にならなかったために、そうして純粋なミステリではないためにあまり知られていないこの『ベツレヘムの星』ですが、お読みになったあとは、ほかのクリスティーを見るあなたの眼も少し変わるかもしれません。

冒険心あふれるおしどり探偵
〈トミー&タペンス〉

本名トミー・ベレズフォードとタペンス・カウリイ。『秘密機関』（一九二二）で初登場。心優しい復員軍人のトミーと、牧師の娘で病室メイドだったタペンスのふたりは、もともと幼なじみだった。長らく会っていなかったが、第一次世界大戦後、ふたりはロンドンの地下鉄で偶然にもロマンチックな再会をはたす。お金に困っていたので、まもなく「青年冒険家商会」を結成した。この後、結婚したふたりはおしどり夫婦の「ベレズフォード夫妻」となり、共同で探偵社を経営。事務所の受付係アルバートとともに事務所を運営している。トミーとタペンスは素人探偵ではあるが、その探偵術は、数々の探偵小説を読破しているので、事件が起こるとそれら名探偵の探偵術を拝借して謎を解くというユニークなものであった。

『秘密機関』の時はふたりの年齢を合わせても四十五歳にもならなかったが、

最終作の『運命の裏木戸』（一九七三）ではともに七十五歳になっていた。青春時代から老年時代までの長い人生が描かれたキャラクターで、クリスティー自身も、三十一歳から八十三歳までのあいだでシリーズを書き上げている。ふたりの活躍は長篇以外にも連作短篇『おしどり探偵』（一九二九）で楽しむことができる。

ふたりを主人公にした作品が長らく書かれなかった時期には、世界各国の読者からクリスティーに「その後、トミーとタペンスはどうしました？　いまはなにをやってます？」と、執筆の要望が多く届いたという逸話も有名。

47　秘密機関
48　NかMか
49　親指のうずき
50　運命の裏木戸

バラエティに富んだ作品の数々

〈ノン・シリーズ〉

名探偵ポアロもミス・マープルも登場しない作品の中で、最も広く知られているのが『そして誰もいなくなった』（一九三九）である。マザーグースになぞらえて殺人事件が次々と起きるこの作品は、不可能状況やサスペンス性など、クリスティーの本格ミステリ作品の中でも特に評価が高い。日本人の本格ミステリ作家にも多大な影響を与え、多くの読者に支持されてきた。

その他、紀元前二〇〇〇年のエジプトで起きた殺人事件を描いた『死が最後にやってくる』（一九四四）、『チムニーズ館の秘密』（一九二五）に出てきたロンドン警視庁のバトル警視が主役級で活躍する『ゼロ時間へ』（一九四四）、オカルティズムに満ちた『蒼ざめた馬』（一九六一）、スパイ・スリラーの『フランクフルトへの乗客』（一九七〇）や『バグダッドの秘密』（一九五一）などのノン・シリーズがある。

また、メアリ・ウェストマコット名義で『春にして君を離れ』（一九四四）をはじめとする恋愛小説を執筆したことでも知られるが、クリスティー自身は四半世紀近くも関係者に自分が著者であることをもらさないよう箝口令をしいてきた。これは、「アガサ・クリスティー」の名で本を出した場合、ミステリと勘違いして買った読者が失望するのではと配慮したものであったが、多くの読者からは好評を博している。

72 茶色の服の男
73 チムニーズ館の秘密
74 七つの時計
75 愛の旋律
76 シタフォードの秘密
77 未完の肖像
78 なぜ、エヴァンズに頼まなかったのか?
79 殺人は容易だ
80 そして誰もいなくなった
81 春にして君を離れ
82 ゼロ時間へ
83 死が最後にやってくる
84 忘られぬ死
86 暗い抱擁
87 ねじれた家
88 バグダッドの秘密
89 娘は娘
90 死への旅
91 愛の重さ
92 無実はさいなむ
93 蒼ざめた馬
94 ベツレヘムの星
95 終りなき夜に生れつく
96 フランクフルトへの乗客

訳者略歴　1903年生，英米文学翻訳家
訳書『死者との結婚』アイリッシュ，『ホロー荘の殺人』『運命の裏木戸』『象は忘れない』クリスティー（以上早川書房刊）他

ベツレヘムの星《ほし》

〈クリスティー文庫 94〉

二〇〇三年十一月十五日　発行
二〇二二年　二 月十五日　五刷

（定価はカバーに表示してあります）

著者　アガサ・クリスティー
訳者　中《なか》村《むら》能《よし》三《み》
発行者　早川　浩
発行所　株式会社 早川書房

郵便番号　一〇一 - 〇〇四六
東京都千代田区神田多町二ノ二
電話　〇三 - 三二五二 - 三一一一
振替　〇〇一六〇 - 三 - 四七七九九
https://www.hayakawa-online.co.jp

乱丁・落丁本は小社制作部宛お送り下さい。
送料小社負担にてお取りかえいたします。

印刷・星野精版印刷株式会社　製本・株式会社川島製本所
Printed and bound in Japan
ISBN978-4-15-130094-3 C0197

本書は活字が大きく読みやすい〈トールサイズ〉です。